無関係だった私が
あなたの子どもを生んだ訳

登場人物
紹介
Character
フェリックス
ワイズ侯爵家の次男で
将来有望な近衛騎士。
四年前、薬を盛られ苦しんでいた
自分を助けてくれた女性を
捜し続けている。
ハノン
貧乏子爵家の令嬢。
ルシアンをひっそりと産んだ後、
西方騎士団で魔法薬剤師として
働くシングルマザー。
すっかり庶民派の頑張り屋。
ルシアン
ハノンとフェリックスの息子。
ママ大好きでとっても
いい子の三歳児。

ナディーヌ
フェリックスの
元婚約者候補。
彼に薬を盛った咎で
修道院に入れられて
いるが……
ファビアン
ハノンの兄で
北方騎士団の騎士。
心身共にゴリラっぽい
けれど頼れる男前。
メロディ
ハノンの親友兼同僚の
オネエさま。
子ども好きでルシアンにも
とっても懐かれている。

プロローグ　わたしの天使

誰にでも、どうしようもない衝動を止められない時があるのではないだろうか。

わたしの場合はあの夜がそう。薬に苛《さいな》まれ苦しむ彼を楽にしてあげたいなんて、そう理由付けをして彼と体を重ねた。

たったひと夜《よ》。それだけでいい。それだけでこれからの長い人生を一人で生きていける。

わたしには醜《みにく》い魔障《ましょう》の痕があり、まともな結婚なんて望めない。そして彼には既に心に決めた人がいた。

決して交わることのない互いの人生の糸。だけどその夜は一瞬だけ絡まり、同じ時を紡《つむ》いだ。

朝になれば糸は解《ほど》け、再び離れていく。

わたしはその糸が織《お》り成《な》した新たな奇跡を大切に守っていくのだ……

「まま、おちて」

そう、わたしはあの時、恋に落ちたの……

「おちてよぅ」

だからもう恋に落ちた後だってば。

「まま、あさでしゅよ」

あさ……？

あぁ朝、朝か……

「朝っ⁉」

小さな寝室には不釣り合いなダブルベッドの上でハノンは飛び起きた。そして慌てて時計を見る。

「あー……まだ六時半……良かったぁぁ……」

遅刻したかもと思い飛び起きたのだが、時計の針はまだ早い時間を示している。へなへなと再び横たわるハノンの顔をぺちぺちと叩く小さな手があった。

「まま、おちて、おなかしゅいた……」

愛らしいふっくらとした手をハノンは握る。

「お腹が空《す》いて目が覚めたの？」

「うん！」

「ふふ」

元気いっぱいの腹ペコさんだ。

ホントはあと十五分寝たいところだが、空腹の息子を放っておく訳にもいかず観念する。

「よし、じゃあ朝ごはんにしようか」

「やったー」

ハノンはベッドから出て、まずは一人息子のルシアンをトイレに連れていく。

「昨日はおねしょしなかったね」

「ぼく、えらい？」

「えらいね、でもママ、ルシー画伯のおねしょ絵画も好きなんだけどなぁ」

おねしょ絵画とは、シーツに広がったおねしょのシミが大陸の地図だったり、動物の走る姿だったり……

まるで絵を描いたようになるのでそう命名したのだ。

「ぼく、もうおねちょちないもん」

「ふふふ」

ついこの前やっとオムツが取れたと思ったら……

子どもの成長なんてあっという間だと、斜向《はす》かいのおばさんが言っていたのは本当のようだ。

「うぅんルシー！　まだまだ赤ちゃんでいてぇ！」

「きゃーっ」

ハノンがルシアンを抱き上げて頬ずりをする。それがくすぐったいのかルシアンは身を捩《よじ》ってけらけらと笑った。

息子のルシアンは少し前に三歳になった。母一人子一人の暮らしの中で、大きな病気もせずにすくすくと成長してくれている。

そう、ハノン＝ルーセルはシングルマザーだ。

四年前、急逝《きゅうせい》した父が遺した借金返済のために、地方都市ハイレンを本拠地とする西方騎士団の専属魔法薬剤師として勤めている。地方では魔法薬剤師が少ないため、わりと良い賃金で働けるのだ。

ハノンは本来なら貴族令嬢という立場である。それなのに平民のように暮らし、平民のように働いているのはすべて父が遺した借金のせいだ。

三つ年上の兄が襲爵《しゅうしゃく》してルーセル子爵家の家名は守られているが、領地はすべて売却したため名ばかりの貴族なのである。

その兄も騎士界のマグロ漁船と言われる北方騎士団に籍を移し、過酷な環境の中で高い給金のため……もとい、国の安寧《あんねい》のために国境を守る剣として働いてる。

ルシアンを妊娠したとわかったのは、兄と別れてハイレンで暮らし始めてすぐの頃だった。

心配性な兄の毛髪のためにしばらくは黙っておき、ルシアンが無事に生まれてからその存在を手紙で教えた。すると兄は自らの手紙の返事が郵便で届くよりも早くハイレンへ飛んできたのだ。

『お兄ちゃんは心の底から心配しましたっ!!』

父親は誰なのかと聞かれたが、答えられないとハノンが言うと、ハノンの心境を誰よりも知る兄としてはそれ以上何も聞けなかったようだ。

そして『ルシアン、生まれてきてくれてありがとうな』と泣きながらルシアンを抱っこしてくれたのだ。

強面《こわもて》だけど優しい兄。西と北とで別れて暮らさねばならないことを嘆きつつ、遠く離れた北の地よりいつもハノン達親子の心配をしている。

(ごめんね、お兄様の毛根達……)

そんな兄のことを思い出しながらルシアンと共に顔を洗い、朝食の支度を始める。

今朝はルシアンの大好きなマッシュルームオムレツだ。

予《あらかじ》めバターでソテーしておいたマッシュルームをふわとろの卵で包む。卵液を混ぜる時にマヨネーズと塩で味付けしているので、何も付けなくても美味しい。

それを焼いたトーストにのせて食べるのもまた格別なのだ。温かいミルクとプチトマトも添えてテーブルに置く。既にテーブルの椅子にちょこんと座り、目をキラキラさせて待つ息子にハノンは思わず笑ってしまう。

「さあ食べましょう、ちゃんといただきますしてね」

ハノンはルシアンの首からナフキンをかける。

「いただちましゅ！」

「はいどうぞ召し上がれ」

ハノンはカフェオレを淹《い》れて自分もテーブルに着いた。

ぎこちないながらもフォークを使って頑張って食べてるルシアンを見て、頬が緩む。

（わたしの天使は今日も可愛い……！）

こうしてハノン親子の一日が始まるのだ。

朝食と後片付けが済むと、着替えをしてルシアンを託児所へと預ける。

生後半年からお世話になっている託児所なので、ルシアンにとっては第二の家のようなものだ。

仕事に行くハノンを泣かずにちゃんと見送ってくれる。

「ままーばいばーい！」

「行ってきますルシー、お利口《りこう》にしててね」

そう言ってハノンは今日も騎士団の医務室へと出勤するのだ。

変わらぬ日常。変わらぬ業務。

今日もいつもと変わらない一日を過ごすのだと信じて疑わないハノン。

まさかこの西方騎士団に、あの男が現れるなど思いもしていないのであった。

「おはようございます！」

第一章

「おはヨ～ハノン。いつもの薬、出来てるわヨ」

「ありがとうメロディ、わたしの傷にはあなたの軟膏《なんこう》が一番よく効くの」

出勤してすぐ、同僚の魔法薬剤師であるメロディ＝フレゲから薬を受け取る。

「魔障《ましょう》は厄介だからネ、痛みが酷い時は鎮痛剤を服用して、あとは軟膏《なんこう》とか塗って保護するしかないもんネエ」

「もう五年になるからね、傷自体は落ち着いてるのよ。でも天気や体調によってどうしても疼《うず》く時があるの」

ハノンは鞄を机に置き、壁にかけてある魔法薬剤師用の白衣に袖を通す。それを見ながらメロディがニマリと口の端を上げた。

「疼《うず》くだなんて、なんか響きがエッチぃわよネ」

それにハノンはウンザリした顔をしながら返す。

「少しもエッチくないし。ホントあなたって下ネタ好きねぇ。このエロディめっ」

「エロディって言わないでヨっ」

メロディ＝フレゲ。体は男だが心は女の、いわばオネェである。

元は男爵家の嫡男だったけれど、魔法薬剤師の資格を取得した後に家督を弟に譲り、女として生きる道を選んだ。今はこのハイレンの街で、大工をしているパートナーと暮らしている。

ハノンはこの口は悪いが馬鹿正直で懐《ふところ》の深い同僚が好きなのだ。同僚というより友人として付き合っている。

ちなみにメロディという名は彼……彼女自身が付けたらしい。

名付けの理由は「可愛いから♪」だそうだ。

魔法学園在籍中に、馬鹿な貴族令息が粋《いき》がって召喚した魔物によって受けた魔障《ましょう》も、この風変わりな友人が調合してくれる薬のおかげで随分と楽になった。

——あの時、彼が助けてくれなかったら、わたしは今頃お墓の中だったんだろうなぁ……

この魔障《ましょう》に触れるたびにある人物を思い出す。

ハノンの脳裏に、あの日、あの時に見た背中が浮かんだ。毎日の生活に追われ、この頃は思い出すことも少なくなっていたのに。

なぜ今日は鮮明に彼の背中が浮かんだのか。後から思えば、これが虫の知らせというものだったのだろうか……

ハノンはこの後、訓練中に怪我をした準騎士の少年から驚きの情報を得たのだった。

「なんでも、第二王子殿下が視察のためにこの西方騎士団に来られるそうですよ」

ハノンは痛み止めの魔術が施された包帯を巻きながら聞き返した。

「第二王子殿下が？　なぜわざわざ西方騎士団に？」

「さぁ？　日程は一ヶ月間だそうです」

ハノンが何かを確かめるように尋ねる。

「……当然、近衛《このえ》も付いてくるのかしら？」

「そりゃあ王族の護衛をするのが近衛《このえ》ですから。俺も今回の視察で目に留まれば、近衛《このえ》騎士になれますかね？」

期待に目を輝かせる準騎士に、メロディが容赦なく現実を叩きつける。

「無理でしょ、いくら実力主義の騎士団でも、近衛《このえ》は子爵家以上の令息でないとなれないんだもの」

「やっぱそうかぁぁ……」

がっくりと項垂《うなだ》れて医務室を出ていく準騎士を、メロディはハンカチを振りながら「頑張ってね～」と、見送った。

(第二王子の近衛《このえ》といっても二十名くらいいるんだし、あの人が来るとは限らないわよね、もし来たとしても、わたしが彼の人生にとって無関係な部外者なのは変わらないわ……）

今日の騎士団はその第二王子来訪の話題で持ちきりだった。

王子殿下御一行様は転移魔法で来るらしく、午前中から既に王子の荷物やら王子付きの侍従やらがわらわらと騎士団の転移ポイントに到着し始めている。

王子殿下が来られるのはそれらの事前準備がすべて終わった後、騎士団駐屯地にいる者がほとんど総出で出迎えることとなっているらしい。

それにあたって、薬剤師長のアドムからハノンとメロディに通達があった。

「知っているかもしれないが、第二王子殿下には持病がおありになる。ご滞在期間中の薬剤はこちらで用意することになった。心してかかるように」

ハノンがアドムに問う。

「処方箋《しょほうせん》の術式はご用意していただけるのでしょうか？」

「無論です。先ほど到着された殿下の侍従長からお預かりしております。ちなみに薬の調剤中は近《この》衛《え》の監視が付きます」

それに対しメロディがため息を吐きながら言った。

「変な細工をしたり、毒物を混ぜたりしないかって？」

「王族の方が口にされるものですからね、作業を見ていてもらう方が変な疑いをかけられることもなく良いと思いますよ」

（近衛《このえ》の監視下か……まぁ仕方ないか）

その時のハノンはただ、王族が服用する薬を調剤することを純粋に楽しみにしていた。

きっと特別な術式で特別な材料を用いるのだろう。魔法薬剤師として、貴重な経験が出来そうだ。

その後はメロディと共に第二王子の薬に必要な薬材や道具を保管庫に取りに行ったり、通常の業務を熟《こな》した。

そうこうしているうちにいよいよ第二王子の到着時刻となる。

転移ポイントのある広場へ向かうように指示が入り、ハノンはメロディと一緒に広場へと行く。

そして既に整列していた騎士達のはるか後方に立った。

「お見えになるぞ」と誰かが言ったのと同時に、転移ポイントに巨大な魔法陣が広がった。

陣から発せられた光が眩しい。

その光の向こうに複数の人影が見える。全員騎乗しているようだ。

やがて光が収まり、転移が済んだことがわかった。

「………！」

陣の中央には騎乗した騎士に四方を守られているこの国の第二王子、アデリオール＝オ＝クリフォード殿下の姿があった。西方大陸の王族は国名が名の前につく。

そしてその左前方、黒鹿毛《くろかげ》の馬に騎乗している騎士の姿にハノンの目は釘付けになる。

（……彼だ……）

四年ぶりに目にしたその姿。輝く銀髪に赤い瞳。

最後に会った時はまだどこか幼さも残る顔立ちであったのに、四年の時を経《へ》て精悍《せいかん》さを湛《たた》えた大人の男の面立ちへと変わっていた。

フェリックス＝ワイズ。ハノンの命の恩人にして初恋の相手。

そして我が子ルシアンの遺伝子上の父親である男が、再びハノンの目の前に姿を現した。

「……マジか」

◇◇◇◇◇

フェリックス＝ワイズとわたしは同じ魔法学園に通う生徒で、一歳差の先輩と後輩だった。

クラブ活動や生徒会などを通して交流があった……とかではなく、全く面識のない本当にただの先輩と後輩だ。

ただ、向こうは文武両道、眉目秀麗でおまけに侯爵家の次男とあって有名人だったから、わたしの方が一方的に知っていただけ。

彼の周りは幼馴染《おさななじみ》で同級生でもある第二王子殿下や婚約者候補の令嬢達、高位貴族の令息や令嬢といった、将来この国の社交界を背負って立つ華やかな人間ばかりだった。

わたしみたいな下位貴族——ましてや貧乏貴族や、裕福とはいえ平民の生徒などは気軽に近づけるような人物ではなかった。

さらにわたしには昔からやけに現実的なところがあり、住む世界が違う人間に対してたとえ憧れでも無駄な感情を持つのは面倒くさいと思っていた。

それに、わたしは知っていた。

取り巻きの高位令嬢達が去った後で、フェリックスや王子も他の令息もころっと態度が変わることを。

べつに悪口を言うとかそういう訳ではないのだが、明らかに令嬢達と接している時とは違うのだ。言葉遣いは粗雑になるし、態度もそこら辺にいる男子と変わらなくなる。

令嬢達の前では猫を被り、貴公子然としているのがなんだか癪《しゃく》に障った。

まぁ王族や高位貴族の令息なんてそんなものなのだろうけど。わたしは騙《だま》されないぞ！　と変にムキになっていたのは確かだったかも。

これも人が良すぎて騙《だま》され続けた父を見て育ったからだろう。

それが一変してしまったのは、当時一年生だったわたしが魔障《ましょう》を負った学園内での事件からだ。

二年の高位貴族令息が同級生にマウントを取るために召喚した魔物が暴れ出したその時、運悪く近くを通りがかってしまったのだ。

暴走した魔物の爪が胸に擦《かす》り、その瘴気《しょうき》によって一瞬で身動きが取れなくなった。

生徒達は逃げ惑い、誰も助けてはくれない。

皆、自分が助かることしか考えられないようで、その光景を床に倒れながら朦朧《もうろう》とした意識の中で見つめていた。

ああ……わたしの人生ってここまでなのか。享年十六って、悲しすぎる……

あ、魔物がこっちに向かってくる……いよいよこれで死ぬんだな……

そう思って目を瞑ろうとしたその瞬間、耳をつん裂《ざ》くような魔物の断末魔の悲鳴が聞こえた。

誰かが魔術と剣で魔物を一発で仕留めたのだ。

(凄い……え、わたし、助かったの……?)

魔物を仕留めたであろうその男子生徒の背中がやけに印象的だった。

まだ発育途上だが広い背中、その隆起した筋肉の逞《たくま》しさ、まるで軍神が遣わした天使のように感じた。

良かった……と安堵したのも束の間、傷から入った瘴気《しょうき》のせいで体の感覚が徐々になくなりつつある。

やっぱり死ぬんだわ……とこれまた思ったその時、不意に抱き上げられたのがわかった。

霞《かす》んでいく視界でわたしを抱き上げた人の顔を見る。

それは先ほど魔物を仕留めて助けてくれた男子生徒だった。

しかも超有名人のあのフェリックス=ワイズときたものだからわたしは驚き、薄れゆく意識の中で思わずこう呟いていた。

「……あ……ありがたや……」

次に目が覚めたら、病院のベッドの上だった。

わたしは運良く一命を取り留めたが、魔障《ましょう》により胸に一生消えない傷が残った。

ベッドの横で静かに男泣きする兄をぼんやりと見つめながら、何か手に職を付けないとな……なんてことを思う。

傷モノの貴族令嬢が結婚出来る可能性は極めて低い。ましてや持参金も満足に出せないような貧乏下位貴族なら尚更《なおさら》だ。でも不思議と悲しくはなかった。

元々結婚に憧れを持つタイプでもなかったし、貧しい我が家に持参金を用意させるのも心苦しかったので、むしろこれで良かったとさえ思ったほどだ。

それに、傷に塗る薬や服用する鎮痛剤などで入院中にお世話になった魔法薬剤師に影響を受け、自分もこの職業に就《つ》きたいという目標も出来ていたからだろう。

退院したらきっと何事もなかったように元の生活に戻れると、そう思っていた。

だけど残念ながらそうはいかなかった。

わたしは……柄にもなく恋に落ちてしまったようなのだ。

あの魔物襲撃の時に見たフェリックス＝ワイズの逞《たくま》しい背中や、わたしを軽々と抱き上げ心配そうに見つめる赤い瞳が忘れられなかった。

思い出すたびに心拍数は上がり、顔が茹《ゆ》で蛸《だこ》のように赤くなる。

それに……とても胸が痛いのだ。

どんなに想いを寄せても彼とは住む世界が違う。

そもそも彼には婚約者候補の令嬢が二人もいて、いずれどちらかの令嬢と婚約を結び結婚するのだ。

だからいくら恋心を募《つの》らせてもどうしようもない。

でもこの想いを消し去れないのもまたどうしようもない事実なのだ。

だからせめて、人知れず想い続けることだけは許してほしい。

そう思いながらわたしは復学し、専攻を取り直して魔法薬剤師の勉強を始めた。

月日は流れ、一学年上の彼が卒業すればこの小さな初恋も完全に終わるはずだった。

あの日、あの夜、あの出来事がなければ、そのまま彼にとって全く無関係な人間として生きていくはずだったのに。

まさかあんな事件が起きるなんて……

おかげでルシアンという天使を授かることが出来たけど……

◇◇◇◇◇

「お～い、ハノン？　もしもし？」

第二王子と共に西方騎士団を訪れたフェリックス＝ワイズの姿を見た途端、去来した過去の記憶をぼんやりと辿っていたハノンに、隣のメロディが訝《いぶか》しみながら声をかけてきた。

ハノンがはっと我に返り、メロディを見る。

「あ、ゴメン、どうかした？」

「何をボンヤリしてたのヨ。ショートトリップ？　もう医務室に戻るわヨ」

「あれ？　王子殿下御一行サマは？」

「とっくに高官棟に向かったわヨ、ホラ、まだまだやることあるんだから行くわヨ！」

そう言ってメロディはハノンの手を引きぐんぐん歩いていく。ハノンはその手を見ながらふいに尋ねた。

「ねぇメロディ。もし、自分の知らないところで自分の子どもが生まれてたりしたらどう思う？」

「は？　ナニそれ？　なんの話？」

「なんとなく……聞いてみたくなって」

「うーん……そうネぇ、事情によるとは思うけど、あんまイイ気はしないかもネ」

「やっぱりそうよね……」

あのたったひと夜で妊娠するとは思ってもみなかった。

父の遺した借金のためにバタバタとしていて、月のものが遅れているのもそのせいだと思っていた。

妊娠がわかった時、一度は知らせようとも考えたが、向こうは自分のことを知らない。

何より近々婚約が内定すると噂《うわさ》で聞いていたのだ。

そんな中、あなたの子を妊娠しました、なんてとてもじゃないが告げることなど出来ないと思った。

金銭を要求すると疑われるのも嫌だし、それに……もし子どもを堕《お》ろせと言われたらどうしよう、という不安もあった。

そりゃあ向こうは由緒《ゆいしょ》正しき侯爵家だ。次男とはいえその血筋の者の婚外子が誕生することを是《ぜ》とはしないだろう。

婚約者の令嬢の家との軋轢《あつれき》も生じてしまう。

だからハノンはお腹に芽生えた小さな命を一人で生んで育てることに決めたのだ。

自分さえ口を噤《つぐ》めば誰にもわからない。

赤ん坊を父親のいない子にしてしまうのは心苦しかったけど、望まれない命と認識されながら生まれてくるよりよほどマシだと思ったのだ。

この子は絶対にわたしが守る。その決意は今も変わっていない。

王子殿下の滞在はひと月。その間まず接触することはないだろうし、ルシアンを見られる可能性も極めて低い。

ルシアンはワイズ侯爵家特有の銀色の髪と赤い瞳を持って生まれてきた。

ルシアンの特徴を見れば、疑われるのは必至だった。

絶対に隠し通さねば。この一ヶ月、決して王子や近衛《このえ》には近づかずにやり過ごそう。

と、そう決めていたのに……

なんの因果か王子の滞在する部屋に、メロディと共に呼ばれたのだ。

部屋にはもちろん護衛としてフェリックス＝ワイズもいる。

今日は厄日だ……と思ったハノンの長い一日はまだまだ続くのであった。

「この二名が、殿下のご滞在中のお薬の調剤を行う魔法薬剤師のメロディ＝フレゲとハノン＝ルーセルにございます」

薬剤師長に名を告げられて、ハノンとメロディが胸に手を当て臣下の礼を執《と》った。

それに第二王子クリフォードは笑顔で返す。

「手間をかけるがよろしく頼む」

「勿体《もったい》なきお言葉。誠心誠意、務めさせていただきます」

メロディがそう言うのに合わせてハノンももう一度礼をする。顔を上げると視界の端にはフェリックス＝ワイズの姿があった。

クリフォードが薬剤師長に言う。

「期間中の調剤の目付け役として、近衛《このえ》のワイズとモラレスが任に当たる。目障りかもしれんが許してくれ」

クリフォードの言葉の後に、後ろに控えていた両名が目礼をする。

「とんでもないことにございます。どうぞよろしくお願いいたします」

薬剤師長がそう答えると、クリフォードが話を続けた。

「さっそくだが今日の分からの薬を頼む。私が服用している魔法薬は作り置きしておくとどんどん苦味が増す。それだけならまだ良いが、あの独特な臭いも増すのが厄介なのだ。それでいつもその日に出来た薬が飲めるようにしてもらいたいのだ」

「「お任せください」」

ハノンとメロディが声を揃えて返事をした。しかしなんだろう。先ほどからやたらと視線を感じる。

なぜかフェリックス＝ワイズがハノンの方を訝《いぶか》しげに見つめているのだ。

(なんなのいったい？　こちらはともかく、向こうはわたしの顔をハッキリ知らないはずよ)

さっきから嫌な汗が止まらない。早くこの場を去りたかった。ハノンは伏し目がちにして謁見が終わるのをひたすら待つ。

ふいにフェリックスがハノン達に声をかけてきた。

「殿下の視察の予定もある。出来れば調剤は十六時以降にしてもらえないでしょうか。その時間帯なら私か隣のモラレスのどちらかが立ち会えますので」

メロディはハノンと顔を合わせて、ややあってから答えた。

「承知しました。ではご滞在中は毎日十六時に調剤室にお越しいただいてもよろしいでしょうか」

「承知した」

フェリックスがそう言うと、クリフォードとの謁見が終了した。

(なんだかもう既に今日の業務を終えたくらいに疲れたんだけど……)

ぐったりと項垂《うなだ》れながら歩くハノンにメロディが言った。

「十六時に近衛《このえ》が来るまであと二時間か……その後の調剤の時間も考えて……まぁ業務時間内には終わると思うけど、アンタはルッシーのお迎えもあるから時間が来たら上がっていいわヨ」

「メロディ〜、ホントいつもありがとうね。いよっ！　オトコマエっ！」

「それを言うならイイ女でしョ！」

メロディはハノンがシングルマザーであることをもちろん知っている。

でも細かい事情は何も話していない。

フェリックス＝ワイズが来た以上、何かと協力してもらわないといけないし、話しておいた方がいいのだろうか。

ハノンはそんなことを考えながら医務室へと戻っていった。

一方その頃、ハノン達が退室した後の王子の滞在する部屋では……

「なんだか風変わりな薬剤師だったな」

第二王子クリフォードが言うと、近衛《このえ》騎士の一人が同調した。

「本当ですね。あのデカい方はアレですよね、オネェってヤツですよね？　隣にいた娘は薬剤師としては若い気がするし、大切な薬を任せて大丈夫なんでしょうか？」

それに対し調剤の目付け役の一人、モラレスが口を開く。

「ここの騎士団長は腕は確かだと言っていたぞ。騎士達にも信頼を寄せられているそうだし。見かけは関係ないんじゃないか？　まぁ調剤の様子を見ればわかるだろう」

「それもそうだな……おい？　フェリックス、どうした、さっきからぼんやりして」

他の騎士と話していたクリフォードが何やら考え込んでいるフェリックスに向かって言った。

「あ、いや、なんでもない。ただなんか引っかかってな」

「引っかかる？　何にだよ？」

「いや自分でもよくわからんのだ」

その言葉を聞き、クリフォードが呆れる。

「おいおいしっかりしてくれよ？　お前のために視察先をわざわざここにしたんだぞ？」

「わかってるよ、俺だって焦ってるんだから」

そう言いながら、フェリックスは窓の外を見る。また何やら思考の沼にハマったようだ。クリフォードは幼馴染《おさななじみ》であり信の置ける友人である男の横顔を、ため息を吐きながら眺めていた。

そして十六時。

調剤室のドアがノックされ、ハノンはやや緊張した面持ちで扉を開ける。

(フェリックス＝ワイズじゃありませんように！)

しかし願いもむなしく……調剤室に入ってきたのはフェリックスその人であった。

「……お待ちしておりました」

ハノンはそう言い、入室を促《うなが》す。

フェリックスが部屋の中に入るのを見届けると、ハノンは端的に告げた。

「本日の調剤はメロディ＝フレゲが担当いたします。途中、質問などはわたしの方へ言っていただければお答えいたしますので、作業中の薬剤師へのお声がけはご遠慮願います」

「承知した。こちらも一応、毎日王宮魔法薬剤師の調剤を見ています。使用する薬材や作業行程もすべて頭に入っているので不審な点にはすぐに気付きます。最初から疑うような言い方をしてすまないが、そのことを予《あらかじ》めご理解ください」

今のは要約すると、〝変な細工をしたらすぐにわかるんだからな、おかしな真似はすんなよ〟である。

ハノンは東方の国で祀《まつ》られている〝ホトケ〟のような微笑を心がけて答えた。

「承知いたしました」

「……」

「なにか？」

「……いや」

急に黙り込んだフェリックスにハノンが疑問符を投げかける。

その時メロディが告げた。

「では始めさせていただきますネ」

まずはメロディが砂糖を溶かしたシロップの入った小瓶をフェリックスに見せる。

フェリックスがそれを受け取り、匂い、味、小瓶に不審な点がないかを調べる。異常がないことを確認すると小瓶をメロディに返した。

それからメロディは予め《あらかじ》用意しておいた調剤用の小さな魔法陣の上にその小瓶を置いた。

処方箋《しょほうせん》とも呼ぶ魔術の術式が書かれた紙を確認し、メロディが魔法陣に置かれた小瓶に手をかざしながら術式を唱える。

すると小瓶に入っていたシロップに淡い光が灯った。光の色が白から青へ、そして緑色へと変化した後、小瓶からポワンとした湯気が立つ。

魔法薬剤師が作る魔法薬とは術式師が構築した、薬と同じ効果のある魔術を水や固形物、そして先ほどのようにシロップやクリームなどに施したものである。当然、魔法薬剤師は魔力保有者でないとなれない。

最後にメロディがもう一度フェリックスに小瓶を渡す。

小瓶の中の出来上がった魔法薬の匂いや味をチェックすると、フェリックスは頷きながらメロディに小瓶を返した。

その小瓶を受け取ったメロディは瓶に蓋《ふた》をし、ラベルの作成に取りかかる。

それを目でちゃんと確認しつつ、フェリックスがハノンに尋ねてきた。

「キミの……その髪色は元々のものですか？」

「は？」

「染めたとかそういうものではないのですよね？」

「……なぜこんなどこにでもあるような髪色にわざわざ染めるんですか？　どうせならもっと珍しい色に染めますよ」

ハノンの髪色はベージュブロンドで、この国の民にわりと多い髪色である。

瞳の色もアンバーと、これもどこにでもいる色合いだ。なのにフェリックスはなぜか髪の色に拘《こだわ》る。

「キミの髪色は……暗がりではプラチナのような色味になりますか？」

「先ほどからなんなんです？　わたしの髪が調剤と関係あります？」

「いえ、関係ないでしょうね」

「なら答える必要はありませんよね」

「……」

沈黙が訪れると、さっきまで全く気にならなかったメロディが作業をする音が妙に響く。嫌な沈黙だ。

ところが「キミは年はいくつですか？」と、尚《なお》もフェリックスが尋ねてくるのでハノンは思わずキツい口調で返してしまった。

「調剤に関係ないことはお答えいたしかねます！」

ホントにいったいなんなんだ。ナンパか？　まさかね!!

あり得ないと思う自分が悲しい。もしかしてあの夜の相手がわたしだと疑ってる？

でも肌を合わせたのは月明かりさえ射し込まない薄暗い部屋だった。

彼は普通の状態ではなかったし……ハノンはいた堪《たま》れず、メロディの作業台の近くへと行く。

すると、ちょうどメロディがラベルを貼り終わり魔法薬が完成した。

それをハノンが籠《かご》に入れてフェリックスに渡す。心の中でさっさと帰れコールを連呼しながら。

「はい、本日分の魔法薬です。なるべく就寝前に服用されるようお伝えください」

「伝えます。ところでキミはどこの魔法学園を卒業したんですか？」

などとフェリックスがまた別の質問を投げかけてきたのでハノンは——

「本日の調剤は終了です！　また明日、この時間にお越しくださいね！」

と、有無を言わさず扉を開けて退室を促《うなが》した。

「……ご苦労でした。また明日よろしく」

フェリックスは何か言いたそうな顔をしていたが今日のところは諦めたようでそのまま調剤室を出ていった。

その途端、メロディがニヤニヤしながらハノンに向かって言う。

「なにアンタ、気に入られちゃった？　すんごい興味持たれてたじゃない。ハノンにもようやく春が？」

「そんなんじゃないしっ！　……なんか今日は二日分働いた気分……」

「まぁ今日は色々あったもんネ」

「そうね……やっと終業時間だ……じゃあ帰るわ」

「はいよ、お疲れサン。ルッシーによろちくび♪」

「……はいはい」

こうしてようやく終業時間となり、ハノンの長～い一日が終わった。

（つ、疲れた……もう、ホントに疲れた……わたしを癒《い》やせるのはルシーしかいないわっ、早くルシーを摂取しないと……！）

そう思いながら、ハノンは息子を預けている託児所へと急ぎ向かった。


その頃、魔法薬を持って第二王子クリフォードのいる部屋へ戻ったフェリックスが開口一番、こう告げた。

「クリフ！　お前の暗部を一人、貸してくれ！」

「な、なんだ!?　藪《やぶ》から棒にっ。ワイズ侯爵家《お前ん家》の部下も優秀だろう？」

「今はまだ家には知られたくないんだ。急ぎ調べたいことがある、頼むよ」

「しょうがないな……一つ貸しだぞ」

「すまん、恩に着る」

（ハノン＝ルーセルと言ったか……どうも初めて会った気がしないんだよな……調べてみる必要がありそうだな）

どうやらフェリックスはハノンの身辺を探らせるようである。

どうするハノン。迎えに行った託児所で息子の頭の匂いを嗅《か》いで癒されてる場合じゃないぞ。

◇◇◇◇◇

「まま、ぼくもおてちゅだいしゅる！」

ルシアンがキッチンに立つハノンに向かって両手をかかげて言った。

「手伝ってくれるの？　じゃあこのスプーンをテーブルまで運んでもらおうかな？」

「うん！」

ハノンがルシアン用の小さな木のスプーンを渡すと、ルシアンは大切そうに抱えながらテーブルまで持っていった。

（はうんっ……わたしの息子、今日も天使）

もうこれ以上下がらないというほど目尻を下げて、懸命におてちゅだいをする息子を見守る。

本日の朝食は具沢山のミルクスープにした。玉ねぎや人参、キャベツとベーコンをルシアンのために小さく切ってからバターで炒める。

全体に油が回ったら少量のコンソメスープを足し、蓋《ふた》をして蒸し煮に。野菜がクタッとしたらミルクを投入し、塩と隠し味の砂糖ひとつまみで味を調《ととの》えて完成。大人用は仕上げに胡椒《こしょう》をかける。栄養があり体が温まる、消化も良くて朝食にはぴったりのメニューだ。

このスープにパンを浸《ひた》しながら食べるのもまた美味しい。

ハノンはミルクスープと柔らかい丸パン、そしてオレンジジュースをテーブルに置いてルシアンを椅子に座らせた。

「さあ召し上がれ」

「いただちましゅ！」

ハノンはこの朝の光景が何よりも好きだ。

自分が作った食事を美味しそうに食べてくれる息子を眺めると、多幸感で心が満たされる。

この幸せは絶対に守らなくてはならない。

フェリックス＝ワイズが何を考えているのかわからないが、ルシアンに侯爵家の血が流れていることを知られてはならない。

もしルシアンを取り上げられたらと思うだけでハノンは恐怖で息が出来なくなる。

最愛の我が子と引き離されるくらいなら死んだ方がマシだ。

（もう本当にフェリックス＝ワイズとは極力接しないようにしよう……！）

と、ハノンは決意を新たにした。

……だというのに。

「ハノン＝ルーセル嬢、キミは私と同じ、王立魔法学園の卒業生だそうですね」

ランチ休憩の時、なぜかわざわざフェリックス＝ワイズがハノンのところまで来てそう言うのだ。

それも一人でいるタイミングを狙っていたかのように。

「……なぜそのことを？」

「初めて会った時になぜか妙な既視感を覚えたんです。それがなんだか気になって。私は気になる物事を放置出来ない性格なので」

「そうですか……わたしに〝嬢〟をお付けになったのは没落子爵家の娘であることもご存知だからですね」

「……はい」

そこで申し訳なさそうにされると腹が立つ。ハノンはカチンとなってつい言ってしまった。

「ええ。確かに王立魔法学園の出ですわ、ワイズ先輩。ちなみに、わたしは知っております、貴方が令嬢達の前とそうでない時で言葉遣いと態度が全然違うことを。わたしはもう令嬢と呼ばれるイキモノではございませんし、どうぞ？　被った猫を脱ぎ捨ててお話ししてくださって構いませんわよ？」

皮肉をたっぷり込めて、久々の貴族令嬢らしい言葉遣いをしてやった。

「……ほう」

すると何を思ったのか、いや今の言い方が気に障ったのか、フェリックス＝ワイズがニヤリと口の端を上げてハノンに答えた。

「さすがは同じ学園の出、だということか。知らないうちに見られていたようだな。まぁいい、こちらも色々とキミには話が聞きたいし、いちいち丁寧な言葉遣いをせずに済むのは助かる」

さっそくですか。しかし何を聞きたいというのか。

ハノンはダッシュでこの場から逃げ去りたかった。まさか初恋の相手にこんな感情を抱くようになるなんて。

でもこれもすべて息子との生活を守るためである。

「ルーセル嬢……」

「〝嬢〟は付けないでください。仕事がやりにくくなります。ただのルーセルと呼んでください」

フェリックスの言葉を遮《さえぎ》ってハノンは言った。

「女性を呼び捨てにするのには抵抗がある。ファーストネームなら話は別だが、ハノン？」

「……！」

いきなり名を呼ばれ、ハノンは思わず息を呑んだ。

「ちょっ……勝手にファーストネームで呼ばないでっ」

つい敬語を忘れてしまうほどに。

「あぁ、いいな。そういうフランクな喋り方。こちらも話しやすくなる」

「……侯爵家の方にこんな言葉遣いをしてしまい、申し訳ございません」

「俺がいいと言ってるんだ、さっきみたいに話してくれ」

「お断りです」

「ハノン」

「だからっ……！」

「卒業式」

「！」

その言葉を聞き、ハノンはドキッとした。

「成績優秀者だったキミは、飛び級で一学年上の俺達と同時に卒業した、間違いないよな？」

「……それがどうかしましたか」

ハノンは努めて冷静な素ぶりで返事をした。フェリックスは何かを探るようにハノンを見つめながら話を続ける。

「当然、卒業式には出席して、その夜に開催された祝賀パーティーにも出たはずだ」

「何が仰《おっしゃ》りたいのかさっぱりわかりません」

大嘘だ。今、心の中のハノンは滝のような大汗をかきまくりである。

（フェリックス＝ワイズはあの夜のことを覚えてる？）

どうしよう、いやどうしようじゃない、何がなんでもシラを切る!!　と心の筋肉をマッスルにして備えた。

しかしその時、救いの鐘が鳴る。昼休憩の終わりを告げる鐘の音だ。

（助かった!!）

ハノンはシュバっと右手を上げてフェリックスに言った。

「大変！　業務に戻らなくては！　それでは失礼します!!」

「おいっ……待っ……」

フェリックスに有無を言わさずハノンはそそくさとその場を去る。

令嬢とは思えない素早さにフェリックスは呆気に取られて見送る形となってしまった。

（逃げられたか……？）

やはり怪しい。話せば話すほど、彼女がそうだと思わずにはいられない。

あの夜、自分を救ってくれた女性《ひと》を忘れたことなど一日もなかった。

暗く、誰もいない図書室。時折風に押されたカーテンの隙間から射し込む月明かり。

その下《もと》で見えたプラチナの髪色。

あと……何かの赤い花……胸元の赤い花。

盛られた媚薬と催淫剤のせいで意識はかなり朦朧《もうろう》としていたが、断片的にあの夜に起きたことを覚えている。

（絶対に事実を引き出してみせる）

やはりこの地へ来たのは間違いではなかった。

王都に帰ったらあの占い師に謝礼を弾もう……と、一人考えるフェリックスの後ろからふいに声がかかる。

「おい、フェリックス」

振り向くとこの国の第二王子、クリフォードが立っていた。

「クリフか」

「クリフか、じゃないだろ。そろそろ午後から予定してる視察先に行くぞ」

「あぁ……」

「どうした？　まさかとは思うが、例の女性が見つかったのか⁉」

その言葉にフェリックスが反論する。

「まさかとはなんだ、まさかとはっ」

「だってお前っ……西方《ここ》に来た理由が占い師に言われたからだぞっ⁉　最初にそれを聞いた時、とうとうおかしくなったかと思ったんだぞっ⁉　それでもお前が思い詰めているのは知っていたし……だからわざわざ視察先をここにしたが、どう考えても普通じゃないだろうっ！」

「うるさい、わかってる！　でもホントにもう八方塞がりだったんだよ！　期限は迫ってきてるし、藁《わら》にも縋《すが》る思いだったんだっ……それに高魔力保持者の占いはバカにしたもんじゃないぞ。現にとうとう見つけたかもしれない」

「ホントに見つかったのかっ？　間違いないのかっ？」

「それはまだわからない。確認するのはこれからだ」

「そうか……その人が例の女性だといいな」

「そうだな……」

ハノン＝ルーセルがあの夜に出会った女性なのかどうか。仮に本人が認めなくても確かめる方法ならある。

今日の調剤はモラレスが立ち会うことになっており、自分はこのまま視察へ向かわねばならない。

今日は無理だが明日は必ず……次に彼女を捕まえたら白黒ハッキリさせてやる。

と、固く決意するフェリックスだった。

白黒ハッキリさせたくないハノンと白黒ハッキリさせたいフェリックス。

二人の攻防が始まる。

◇◇◇◇◇

「や！」

「どうしたのルシー、何がそんなにイヤなの？」

「や！　やなの！」

少し前にイヤイヤ期は脱出できたはずなのに、今朝のルシアンは何をしてもイヤイヤ国の王子様であった。

朝起きるのもイヤ、ゴハンを食べるのもイヤ、お気に入りのクマさんのパンツを穿《は》くのもイヤ。

とにかく何をするのもイヤがってぐずるのである。そしてハノンにしがみついて離れない。

ルシアンの母親歴三年のハノンは確信した。

(これは体調が悪いんだわ)

気分的に機嫌が悪い訳ではない、体調が悪くて機嫌が悪いのだ。

ハノンは魔術で念書鳩《メッセンジャー》を出した。

「いつもみたいにメロディに今日は休むと伝えて」

ハノンからのメッセージを聞き取ると、魔術で出来た鳩が窓から飛び立っていった。

まっすぐメロディの家へ向かって伝えてくれるはずである。

ハノンはルシアンを抱き上げた。

「ルシー。お熱を測って、ベッドに戻ろうか」

「まま、おうちいる？」

「ママはお家《うち》にいるわ。ルシーの側にいるからね」

「まま……」

ルシアンがハノンにしがみついた。こういう時、いつも我慢させてるんだろうなぁと切なくなる。

本当ならずっと側にいてあげたい。でも働かなければ食べていけない。

それに僅かに残る借金の返済もまだ終わっていない。

ほとんどを毎月兄が払ってくれているが、たとえ少しの金額でもハノンも返していきたいのだ。

ハノンは愛しい我が子を優しく包み込んだ。

ルシアンは発熱はしていないけれど、念のために病院に連れていく。

特に病気の症状は見つからなかったが、その日は一日機嫌が悪かった。

しかし次の日はもうケロッとしていて、いつものルシアンに戻っていた。

（元気になってくれて良かった……）

ハノンはいつも通り託児所にルシアンを預けて騎士団の医務室に出勤する。入室するとメロディが寄ってきた。

「おはよーハノン、ルッシーは大丈夫だった？」

「昨日はゴメンねメロディ。おかげ様ですぐに元気なルシアンに戻ったわ」

「良かったァ、でもアタシに出来ることあったらなんでも言ってネ。調剤の方もなんとかなるんだからさ」

「ありがとうメロディ。ホントに頼りにしてる。イイオンナね」

「やだもうっ！　当たり前ぢゃないっ！」

メロディは照れながらハノンの背中をバシバシ叩いた。相当痛いが、これでもかなり手加減されていると思う。

その後いつも通り業務をこなし、午前は終えた。

しかしランチ休憩の時にまたあの男が現れた。フェリックス＝ワイズである。

「昨日はなぜ休んだ？　体調が悪かったのか？」

「貴方に関係ありません」

「もう大丈夫なのか？」

「……はい、おかげ様で」

大丈夫なのかと聞かれたら、無下《むげ》には出来ないこの辛さ。

（ランチも食べたし、さっさと行こう）

そう思ったハノンがトレイを持って立ち上がった時、床が何かで濡れていたのか滑って体勢が崩れた。

「きゃっ」

倒れる！　と身構えたが、体を支えられて事《こと》なきを得る。フェリックスが咄嗟《とっさ》に腕を伸ばして助けてくれたのだ。

トレイを挟んでだが、あの夜以来の距離感にハノンの心臓が跳ね上がる。

「あ、ありがとう……ございます……」

「……いや」

微妙な空気が流れた。ハノンはいた堪《たま》れず、食器がのったトレイを返却口へ戻しに行く。

そのまま医務室に戻ろうとしたハノンの手を、ふいにフェリックスが掴んで歩き出した。

「ちょっ……!?」

狼狽《うろた》えるハノンをよそにフェリックスはずんずんと歩いていく。

「あのっワイズ卿っ、どこに行く気ですかっ!?」

ハノンの質問には答えず、そして振り返りもせず、フェリックスは歩き続けた。

そして食堂にほど近い人気《ひとけ》のない中庭で手を離される。

「いったいなんなんです!?　なぜそんなにわたしに構われるのですかっ!?」

ハノンが抗議すると、フェリックスはじっとこちらを見つめて言った。

「ハノン、俺は確信したぞ」

「っ、何をですかっ？」

またまたのファーストネーム呼びにドキッとする自分にイラッとしながらも尋ねる。

「キミはあの卒業式の夜、薬を盛られた俺を救ってくれた女性《ひと》だな？」

「……！」

なぜ!?　どうしてわかった!?　ハノンは内心、悲鳴を上げながらも淡々と返した。

「何を仰《おっしゃ》っているのかさっぱりですが」

「匂いだ、さっききミから香った匂いで確信した。あの夜に嗅《か》いだ匂いと一緒だ」

「嗅《か》いだって何っ!?　匂いって何っ!?」

ハノンは思わずキレてしまう。なんて失礼な発言！　……臭いとかじゃないわよね？

つい自分の体に鼻を向けて確かめた。

「キミの肌から薫る〝香り〟を忘れたことはなかった。魔力を持った者特有の魔力の混ざった香りだ」

フェリックスに一心に見つめられてそう言われると息が止まりそうになる。

とても彼の顔を見ていられなくなって、ハノンは顔を背けた。

「さっきから訳がわからないことばかり言って……貴方が仰《おっしゃ》っているその人はわたしではありません。申し訳ないですが、他を当たってください」

目を合わせずにそう告げると、次にフェリックスから返ってきた言葉は信じられないものだった。

「そこまで言うならキスをしよう」

「…………は？」

「キスをすればキミが言っていることが正しいかどうかわかる」

「なぜキスなんですか⁉」

「あの日感じた魔力の特徴がわかりやすいからだ。唾液を摂取させてくれ」

「摂取って言わないで！」

「本当は血液の方がわかりやすいんだが、キミを傷付けたくはない。だから唾液しかないんだ」

「どうして血液？」

体液には魔力が含まれている。唾液然り、血液然り。なので一万歩譲って唾液はわかる。

あの時、お互い昂《たかぶ》ってキスも沢山したから……しかしなぜ血液……？

っと、そこまで考えてハノンはハッとした。

「そりゃキミの破瓜《はか》の……」

「わーーっ！　言わないでっ!!」

ハノンは慌ててフェリックスの口を手で塞いだ。

「とにかく！　わたしはあなたのお捜しの方ではありませんし、キスなんか絶対にしません！　もうわたしに構わないで!!」

「口先だけで否定されても信じられない。そこまで否定するなら根拠を示してくれ」

「そんなことをする義理はないわっ！」

そう言ってハノンは走って逃げた。

「待てっ……ハノンっ！」

後ろからフェリックスの声が追いかけてきたが、「もう鐘が鳴るわ！　付いてこないでっ！」と言いながらハノンは走り去った。我ながら相変わらずの足の速さである。

ハノンが去った方向に伸ばしたフェリックスの手が宙を彷徨《さまよ》う。

あの夜の相手がハノンであるとフェリックスは確信していた。

ハノンの声を聞いて、朧《おぼろ》げだった彼女の声と記憶が結びついたのも確信した理由の一つだ。

それなのに……

なぜハノン＝ルーセルはあそこまで否定する？　何かを恐れているかのような。何かを隠しているような。

（何を隠す必要がある……？）

フェリックスはハノンが走り去った方向をただ黙って見つめていた。


ハノン＝ルーセルがあの夜以来捜し続けている女性だと確信したフェリックスは、以前にも増してハノンにぐいぐいと詰め寄るようになった。

毎日必ず一度はハノンを捕まえて、卒業式の夜を共に過ごしたことを認めさせようとしてくる。

だけどハノンは何がなんでも認める訳にはいかなかった。

あのひと夜で身籠《みごも》り、隠れてルシアンを生み育てていたことを知られてなんらかの咎《とが》を受けるのも嫌だったし、ワイズ侯爵家の血を引く者を市井《しせい》には置いておけないと最愛の息子を取り上げられるなんて以《もっ》ての外《ほか》だから。

必死の思いで生み育てた、自分の命よりも大切な血を分けた我が子と引き離されるくらいなら、ハノンは死んだ方がマシだと本気で思っていた。

なので、従って、絶っっ対に、あの日フェリックスと関係を持ったことを認める訳にはいかないのだ。

(もう放っといてほしい……わたし達の穏やかな暮らしを奪わないでほしい)

ハノンは心の底から懇願《こんがん》していた。それを口にする訳にもいかないのだけれど……

「ハノン、一緒に食事に行かないか?」

しかしそれ以外でもフェリックスが自分に構い倒すようになったのが解《げ》せぬ。

あの夜の件とは関係ない話題で普通に話しかけてくるし、こうやってプライベートなお誘いもしてくるようになったのだ。

今日も終業後に騎士団関係者の出入り口へ向かっている時に声をかけてきたフェリックスを、ハノンは立ち止まることなく一瞥《いちべつ》した。

「……すみませんが貴族の方とご一緒にだなんて、とてもじゃないけど食事が喉を通りません。どなたか相応《ふさわ》しいご令嬢でもお誘いしたらいかがですか? 貴方に秋波《しゅうは》を送られている沢山の侍女の中にも貴族令嬢はいらっしゃいますよ」

「キミも貴族令嬢じゃないか。それに食事を誰かと共にしたいだけで誘ってるんじゃないよ。キミだから一緒に食事をしたいんだ」

まるでハノンが特別だと言っているような言葉に思わずドキリとする。頬にほんのり熱が籠もるのが我ながら腹立たしい。でも勘違いしてはダメだし、間違っても馴れ合ってはいけない。どこから綻《ほころ》びが生じてルシアンのことを知られるかわからないからだ。

本当は心の中を酷く掻き乱されていることなど曖気《おくび》にも出さず、ハノンはキッパリと答えた。

「すみません。わたしのような一般的な人間はやらなくてはならない家事が山積みなんです。だから食事には行けません、これで失礼しますね」

平民女性（ホントは子爵令妹だけど）は仕事以外にもやることが沢山あるのだ。お気楽なお貴族様とは付き合ってられないというニュアンスを籠めた。しかしフェリックスはその含みのある言い方に全く頓着《とんちゃく》しなかった。気を悪くした様子もなく、労《いた》わるような優しげな声で言われる。

「そうか。頑張っているんだな。これは失礼した、また誘うよ」

そうしてすんなりと引き下がり、建物内へと戻っていったのだ。

嫌味だったのにあんな感じに返されると、こちらが悪いことをした気になるではないか。

「もう。調子を狂わされっぱなしだわ」

フェリックス＝ワイズはなぜ、あの卒業式の夜の女性を捜しているのだろう。

あの夜のことが忘れられないというのか。

……ハノンだってあの夜を忘れたことなどない。

成り行きとやむを得ない状況で肌を重ねたが、後悔したことは一度もなかった。

でもあのままひと夜の夢として終われたから、美しい思い出として振り返られるのだ。

フェリックスにとっては苦しく、下手すれば命を失っていたかもしれない大変な夜だっただろうが。

「……ほじくり返さない方がお互いのためよ」

ハノンはそう独り言《ご》ちて、騎士団敷地を後にした。

再会したフェリックス＝ワイズがなぜあんなにも執拗《しつよう》に自分を捜しているのか？

それがわからないまま聞くに聞けず、ハノンはモヤモヤを抱え続ける日々を送っていた。

だが今日は休日。久々のオフの日である。

騎士団によほどのことがない限り、呼び出しがかかることもない。

こんな日に家の中で悶々鬱々《もんもんうつうつ》と過ごすなんて勿体《もったい》ない。

ど田舎《いなか》だった元ルーセル領で兄にくっついて野猿のように遊び回っていたハノンにとって、たまに青空の下、広々とした空間で過ごすのは心身共に必要なことであった。

そうしてハノンは気晴らしのためにルシアンを連れて近くの大きな公園へと来たのだ。

その公園には広々とした芝生《しばふ》のエリアがあり、そこにレジャーシートを敷いてお弁当を食べたり裸足《はだし》で歩き回ったりすると気持ちいいのだ。

ゴミはおろか小石すら見当たらない手入れの行き届いた芝生《しばふ》の上なら、ルシアンのような小さな子も裸足《はだし》でゆっくりと遊ばせてやれる。

これも、田舎《いなか》で裸足《はだし》で駆け回る開放感が堪《たま》らなく好きだったハノンが、息子にもこの感覚を味合わせてやりたいと始めたことであった。

こんなところからして、ハノンは元々貴族令嬢らしからぬ貴族令嬢だったのだ。

初めてこの公園に連れてきた時、ルシアンはまだ二歳になったばかりだった。

ふかふかの芝生《しばふ》が足の裏を擽《くすぐ》る初めての感覚にびっくりした表情を浮かべていた姿が悶絶《もんぜつ》級に可愛かった。

それから幾度となくこの公園を訪れているので、ルシアンも今では慣れたものだ。

芝生《しばふ》に着くなり裸足《はだし》になり、持ってきたボールを転がして遊んでいる。

ハノンはそれを近くで見守りながら、いつものようにレジャーマットを敷いてお弁当を広げた。

今日のメニューはオープンサンド……いやオープンドッグにした。

作り置きの惣菜《そうざい》や今日のために作ってきたチキンハムなどを、なんでも好きにパンに挟んで食べるのだ。

惣菜《そうざい》はクリームチーズにスモークサーモンとスライスオニオンをマリネしたもの。それにポテトサラダ、人参をバターとガーリックソルトでソテーしたもの、それから林檎《りんご》のコンポートと硬めに仕上げた自家製カスタードクリームもある。

可愛いルシアン王子様がお望みの具材を、ホットドッグ用のパンに挟んで渡してあげる。

これなら小さな子どもでもパンから具材がサヨウナラすることなく上手に食べられるのだ。

今日のルシアン王子様のチョイスは、ポテトサラダとチキンハムの組み合わせと、カスタードと林檎《りんご》のナンチャッテアップルパイ風のオープンドッグ。

我が子ながらグッドチョイスである。

「いただちましゅ！」

「はいどうぞ召し上がれ」

「まま、おいちいね！」

「ふふ、そうね。お外で食べると美味しいわね」

「うん！」

あぁ……幸せだ。母一人子一人、一般的な家庭からすれば苦労と不憫《ふびん》のオンパレードに見えるかもしれないが、ハノン達親子はそんな風に感じたことはなかった。

母子二人、健康で平和に暮らせるなら他に何も望まない。

この平穏な暮らしがハノンのすべてだから。

でもたまに……今、目の前を通っていく親子連れ。

子どもを間に挟んだ両親が繋いだ手を引っ張り上げて子どもを宙に浮かせてあげているのをルシアンが不思議そうに見ている姿は、胸にグッと来るものがあるが……

かといって無理に誰かと結婚して父親を作ろうとは思わない。いや思えない。

母親しかいないのなら、その分思いっきり愛してあげれば良い。

ハノンはそんなことを考えつつクリームチーズとサーモンマリネのオープンドッグを頬張った。

ランチの後はルシアンとボールで遊んだり虫を観察したり、二人で追いかけっこをしたりと、休日のピクニックを楽しんだ。

そして夕方前には片付けをして帰路に就《つ》く。

今日は楽しかったねと話しながらルシアンと手を繋いで歩いていると、後ろからふいに声をかけられた。

「……ハノン様……？」

「え？」

数年ぶりに敬称を付けて呼ばれたことに驚いて振り返ると、そこには同年代くらいの若い男性が立っている。

記憶の中にあるその人物との違いに多少戸惑うも正直に訊ねてみる。

「あの……もしかして……」

ハノンがその男性に訊ねると、相手はパッと明るい表情を浮かべた。

「やっぱりハノン様だっ、わかりませんか？　俺です、元ルーセル子爵家に勤めていたメイドの息子で、昔よく遊んだ……」

そこまで言われ、ハノンの記憶の扉がバタンと開いた。

「やっぱり……アレイ＝バートンなの？」

父が借金の保証人となった友人が逃げたことにより、多額の負債を背負わされた。

そのせいで元々あまり多くなかった使用人達に暇《いとま》を出したのだが、このアレイの母親であるメイドのラーナだけは給金がほとんど払えないのにもかかわらず最後までルーセル家を支えてくれたのだ。

住み込みだったラーナのたった一人の家族であるこのアレイとは、兄のファビアンと共に兄弟のように育ったのだった。

ハノンが名を言い当てたことで男性は——アレイは破顔して嬉しそうな声を出した。

「そうです！　うわぁ懐かしいな、そして覚えていてくれたことが本当に嬉しい！」

「忘れる訳ないわよ、家族のように暮らしていたんだから。領地を手放すことになってそれきりだったけれど……元気そうで何よりだわ」

ハノンがそう言うとアレイは大きく頷く。

「ええおかげ様で！　ハノン様も相変わらずお美しくて驚きましたよ」

「またそんな上手なことを。昔からアレイは褒め上手だったわよね」

アレイは頭を掻きながら照れた顔をして答えた。

「お世辞なんかじゃありません。ハノン様は昔からお美しかった……俺を含め、元ルーセル領の腕《わん》白《ぱく》小僧達に崇《あが》められていたんですよ、ハノン様は」

それを聞き、ハノンはころころと笑った。

「いいのよ、わたしは自分の容姿はよくわかっているつもりだから。平々凡々の女だとね」

自棄《やけ》になっている訳でもなく淡々と事実を述べるハノンにアレイは肩を竦《すく》めて「いや全然わかってないでしょ」と言った。

数年ぶりの再会でこんなにもすぐに打ち解けて話せるのも幼馴染《おさななじみ》だからこそだろう。

ハノンはかつての思い出の記憶の扉が次々と開き、懐かしさに微笑んだ。

そんなハノンが手を繋ぐルシアンに、アレイの視線が集中していることに気が付く。

「あぁ、息子のルシアンよ」

ハノンがルシアンを紹介するとアレイは少しだけ表情を曇《くも》らせて言った。

「……ご結婚されてるんですね。当然か、俺達もう二十一ですもんね。ご領地を失くされ苦労されているのではないかと心配してましたが、お幸せそうで何よりです」

アレイのその言葉を受け、ハノンはなんでもないことのように事実を告げた。

「わたし、結婚はしていないの。独り身でこの子を生んで育てているのよ」

「え……」

アレイが驚いた表情でこちらを見る。

一応貴族令嬢であった（今も一応子爵令妹だが）ハノンが今やシングルマザーだ。驚かれても無理はない。

その時、ルシアンが目を擦《こす》りながらハノンを見上げた。

「まま……ねむいよぅ……」

「あ、ごめんねルシアン。いっぱい遊んで疲れたよね。早くお家に帰ろう」

ハノンは荷物を肩にしっかりかけてからルシアンを抱き上げた。

おねむのルシアンがハノンの肩に顔を押し付けてくる。

これは相当眠たい時の仕草だ。ハノンはアレイに言った。

「ごめんなさいね、息子がおねむで限界みたいだからもう帰るわ。会えて本当に嬉しかった。お母様のラーナにもよろしく伝えてね」

ハノンがそう言って立ち去ろうとすると、ふいに肩から提《さ》げていた鞄を取り上げられた。

「アレイ？」

ハノンはきょとんとしてアレイを見る。

するとアレイは何やら難しそうな顔をしてハノンに告げた。

「……送ります」

「え？　いいわよ悪いもの。それにアパートはすぐそこだから」

「すぐそこなら尚更《なおさら》送りますよ。子どもを抱えて荷物まで……そんな華奢《きゃしゃ》な体で無理だ」

「平気よ？　いつものことだもの。もう慣れっこよ」

ハノンのその言葉に、なぜかアレイは傷付いたような顔をする。

そして、「そんなことに慣れちゃダメだ……」と言って歩き出した。

「あ、ちょっと、アレイ……！」

「家はこっちでいいんですか？」

「え？　ええ……そうだけど……でも……」

「送ります、送らせてください」

そう告げてアレイは前を向く。

「アレイ……」

ハノンはルシアンをしっかりと抱き直し、アレイの後を追った。

結局、再会した幼馴染《おさななじみ》にアパートまで送ってもらうこととなったハノン。

途中、抱っこしていたルシアンが眠ってしまい、重たそうに抱えて歩くハノンを見かねたアレイがルシアンも抱いてくれたのだった。

元より人見知りをする子ではないが寝ている間なら初めて会った男性でも大丈夫だろうと思い、ハノンはルシアンをアレイに預けた。

アパートまでの帰り道、アレイの口数は少なく、そして何かを考えているかのように見受けられた。

それなりに重い三歳の子どもを抱いて送ってもらったのに、お茶を出さず帰しては礼に欠ける。

そう思ったハノンがお茶を飲んでいくように勧めるも、この後用事があるからとアレイは断った。

だけど明日にでも改めて伺っても良いかと聞かれ、今日はいいけど明日は駄目とは言いづらいので了承したのだった。


そして次の日も休日であったハノンは昼過ぎに訪れたアレイを迎え入れた。

「いらっしゃい。昨日はありがとう、助かったわ。狭いけどどうぞ入って」

「お邪魔します」

ハノンが出迎えるとアレイは少し照れた様子で入ってきた。

「こんにちわっ！」

ルシアンが元気にご挨拶すると、アレイは優しく微笑みルシアンの前に屈《かが》んで挨拶を返す。

「こんにちは。お名前を教えてくれるかい？」

「るちあんでしゅ！」

「ルシアンくんか。お年は言えるかな？」

そう聞かれてルシアンは指を三本立てて、「しゃんたい！」と自慢げに言った。

「三歳か。ルシアンくんはお利口《りこう》だなぁ」

「うん！」

「ははは」

二人が会話を交わしているのを聞きながらハノンはお茶の用意をする。

昨夜焼いておいたパウンドケーキと、今朝作って保冷魔道具で冷やしておいたオレンジゼリーも出した。

アレイはそのゼリーを見て懐かしそうに笑みを浮かべる。

「このゼリー……昔よく作ってくれましたよね」

「ふふ、覚えていてくれたんだ」

「覚えてますよ、俺の大好物だったんだから」

「お世辞でも褒められると嬉しいものね」

「お世辞だなんてとんでもない。本心ですよ」

そんなことを言いながらルシアンを椅子に座らせ、ハノンとアレイもそれぞれ席に着いた。

紅茶を口に含み、ややあって意を決したようにアレイが訊ねてくる。

「不躾《ぶしつけ》な質問だとはわかっていますが……あえて訊かせてもらいます。ルシアンくんの父親とは今も繋がっているのですか？」

おそらく色々と訊かれるのだろうなぁと思っていたハノンは、話せる範囲で話すと決めていた。

「いいえ。向こうはルシアンが存在していることすら知らないわ」

「っそんなっ……！」

無理もないとは思うが父親に対する非難めいた反応に、ハノンは釘を刺すように告げた。

「向こうは何も悪くないの。詳しく話すつもりはないけれど、互いに合意の下で、そうなることを望んだのはわたしの方だということを理解してほしい。相手に子どものことを教えないと決めたのもわたし自身の意思よ」

「それでも……」

苦渋に満ちたアレイの表情に、ハノンは小さく笑った。

「そんな顔しないでアレイ。わたし達親子は充分幸せに暮らしているわ」

ハノンがそう声をかけると、アレイは俯《うつむ》く。

そして何か思い詰めたような声色で言った。

「……ルシアンくんが幼いうちはいいかもしれません。でも年齢が上がると共に、父親がいない家庭の不利を身をもって感じることが増える可能性がある……俺がそうだったから……」

ルーセル子爵家でメイドをしていたアレイの母親もシングルマザーであった。

当時アレイを妊娠中だった母親を捨て、父親は他の女とどこかへ消えたという話を聞いた覚えがある。

アレイは話し続けた。

「もちろん、すべての母子家庭がそうだとは言いません。でも、俺と母さんは結構苦労したから……ハノン様のお父上の先代ルーセル子爵やファビアン様がいてくださったからなんとかやってこられたんです……若いシングルマザーと知って言い寄ってくる男とか、困っていることが多いんじゃないですか？」

「……うーん、よっぽどわたしに魅力がないのか、それはないのよねー……」

「魅力がないなんてあり得ないっ」

「あら、ありがとう……」

ハノンが変な男に言い寄られないのは、偏《ひとえ》にメロディのおかげだと思う。

メロディがハノンのアパートに出入りしているおかげで周辺の住人はメロディというボディガードがいることを知っているし、規律の厳しい西方騎士団でむやみやたらと誘いをかけてくる男はそういない。

稀《まれ》にいたことはいたが、それもまたメロディに追い払われていた。

ハノンにはメロディという頼もしい守護神が憑《つ》いて……じゃない、付いてくれているのだ。

「ふふ」

守護神よろしく腕を組んで仁王立《におうだ》ちしているメロディを想像して思わず噴き出すハノンを、アレイは不思議そうに見やった。

「あ、ごめんなさい。頼もしい友人のことを思い出して笑っちゃったの。とにかくその彼女がいるおかげでわたしは大丈夫なのよ。心配してくれてありがとう」

「……ハノン様……」

この話はここまでだと、ハノンは隣に座ってオレンジゼリーを食べているルシアンの口元を布巾で拭《ぬぐ》った。

「ままどーじょ」

母親にもゼリーを食べさせてやろうとスプーンを突き出す息子の頭をハノンは優しく撫でる。

「ありがとうルシアン」

そんな母子《ははこ》のやりとりをじっと見ていたアレイが呟くように言った。

「俺じゃダメですか……」

「え？」

アレイは真剣な眼差しをハノンに向け、そして告げた。

「俺に、あなたとルシアンくんを守らせてください」

「……アレイ？　ど、どうしたの急に」

「急じゃありません、いや、再会したのは偶然だからそう思われて当たり前なんだけど、俺……ずっとハノン様のことが好きだったんですっ」

「えっ、えぇっ!?」

思いがけない告白にハノンはただただ驚くばかりであった。

そんなハノンに、アレイは熱い想いをぐいぐいとぶつけてくる。

「初恋なんですっ……俺は平民だから諦めなくてはならないと、ずっと気持ちに蓋《ふた》をしてきたんですっ。だけど今の状況のあなたを見て、申し訳ないがチャンスだと思った……！　お願いです、俺をあなたの夫に、そしてルシアンくんの父親にならせてくださいっ!!」

「アレイ……」

「決して後悔はさせませんっ、建築技師をしているのでそれなりの稼ぎもありますっ、ファビアン様仕込みの腕っぷしもあると自負していますっ、ルシアンくんにとって条件の良い父親に、そしてあなたにとっても良い夫になれると思いませんかっ……？」

そこまで捲《まく》し立てるように告げ、アレイは「お願いします！　俺と結婚してくださいっ!!」とテーブルに両手を付けて頭を下げた。

「……」

ハノンはその様子を呆気に取られながら見つめていた。

(結婚……？　このわたしが……？　誰と？　アレイと？)

ずっと、一生一人で生きていくのだと思っていた。

いや、今も魔障《ましょう》の傷がある限り一生誰とも結婚出来ないと思っている。

それはプロポーズされたからといって変わらない。

傷モノだから結婚出来ないと、そこまで正直に話すつもりもないし、知られたくないという思いがあるから言わないが。

だけどそれよりも、そんな傷のことよりも、心に浮かんでくるのは……フェリックス＝ワイズの顔であった。

悔しいけど、今もハノンの心の中にあり続けるのは彼なのだ。彼だけなのだ……

たとえ傷がなかったとしても、そんな思いを抱えたまま、条件だけを見て他の男性と結ばれることなんて出来ない。

ハノンはそう思い、アレイに穏やかな声で告げた。

「……気持ちはとっても嬉しいわアレイ、本当にありがとう」

「じゃあっ――」

「でも」

顔を上げて何かを言おうとしたアレイの言葉を遮《さえぎ》り、ハノンは言った。

「でも、わたしも初恋なの……ルシアンの父親がわたしの初恋。そしてその想いは今も消えずにずっと心の中にある。わたしは一生、この想いと添い遂《と》げると決めているの」

「ハノン様……」

「だからあなたのプロポーズはお受けできません。本当にごめんなさい……」

そうして、今度はハノンが頭を下げた。

こんな女に想いを寄せてくれてありがとう。

妻にしても良いと思ってくれてありがとう。

ルシアンの父になりたいと思ってくれてありがとう。

そんな感謝の気持ちと、アレイの想いに応えられないことへの謝罪を込めて。

「まま？」

ルシアンは不思議そうにハノンを見ている。

ハノンは愛情に溢《あふ》れた眼差しを息子に向け、そのふくふくのほっぺをつついた。

それがくすぐったいのだろう、ルシアンは身動《みじろ》ぎして笑う。

そんな二人を見て、アレイは小さく息を漏《も》らした後に言った。

「謝らないでくださいハノン様。俺の方こそ再会して間もないのに不躾《ぶしつけ》に申し訳ありませんでした。ダメ元で言ってみたんです、だから本当に気にしないでください」

「アレイ……」

努めて明るく振舞ってくれるアレイを見つめ、ハノンはなんと言って良いのかわからなかった。

「でも、俺の連絡先を知らせることくらいは許してくださいよ？　そして何かあったら必ず頼ってください。ファビアン様ほど頼りにならなくても、俺も兄代わりとしてはハノン様の力になりたいとそう思っているんですから」

「アレイ……ありがとう、ありがとう……」

思わず涙ぐむハノンを見て、アレイは照れたように頭を掻いた。

その後は二人で懐かしいルーセル領での話やファビアンの武勇伝、そしてアレイの仕事やハノンの仕事の話などで盛り上がった。

そして言っていた通りに自身の連絡先を書いた名刺を置いて、アレイは帰っていった。

ルシアンに父親がいた方がいいということはわかっている。

本当は自分の気持ちよりもルシアンの今後について考えた方がいいのもわかっている。

だけど、だけどどうしてもダメなのだ。

彼以外に、フェリックス以外に心が揺さぶられることがないのだから。

そんな気持ちを抱えて他の男性と結婚なんて、相手にも失礼だ。だから一生一人でいい。

なんの因果か今すぐ近くにフェリックスがいるが、このまま無関係を貫くつもりだ。

それが互いのためだとハノンは信じている。

たとえフェリックスが何を言ってこようが、ルシアンとの暮らしを守るためにも決して負けないと、決意を固くするハノンであった。

◇◇◇◇◇

その日、ハノンは調べもののために騎士団の図書室へと来ていた。

騎士達は全員が全員、脳筋という訳ではない。読書が好きな騎士もいれば勉強熱心な騎士もいる。

そんな騎士達や騎士団で働く者達のために小さいながらも図書室が設《もう》けられているのだ。

そして医務室勤務の人間のためにちょっとした医学書なども置かれている。

ハノンは魔法薬について調べたいことがあり、昼休憩を利用してここへ来たのだ。

「えっと……これと、これと、この学術書もっ……と、届かないわ……」

目当ての本は書架《しょか》の上段にあった。もう少しで届きそうなのに届かない。でも梯子《はしご》を持ってくるのは面倒で、つま先立ちをして本に手を伸ばす。

本と本の隙間に指さえ引っかけられればなんとか取れそうなのだが……

その時、ハノンの後ろから伸びた手が、お目当ての本を難なく取る。

「……！」

後ろに立つ人物との思いがけない距離の近さに驚いた。振り向いたは良いが顔が見られない。

「この本でいいのかな？」

「……ええ」

ハノンの後ろから本を取ったのはフェリックス＝ワイズ、その人であった。

「どうぞ」

「ありがとうございます……」

自分は足も腕も精一杯伸ばしても取れなかった本をいとも簡単に取ったフェリックスに対して、キュンとしてしまう自身が腹立たしかった。

なのでハノンはわざと素っ気ない態度をとる。

「……背がお高いとこういう時に便利ですね。いったい何センチおありなのかしら」

未だ近い距離に恥ずかしくなったハノンは、ついそんなどうでもいいことを訊いてしまった。

だがフェリックスは律儀にそれに答えてくれる。

「ここ一年くらいは測ってないが、確か一八五センチだったかな」

デカっ！　とハノンは心の中で叫んだ。父親《フェリックス》にそっくりなルシアンも、将来はそのくらい背が高くなるのだろうか。

目の前のフェリックスを見て、ハノンは愛する息子の未来予想図を頭の中で展開していた。

「そんなに見つめられると抱きしめたくなるからやめてほしい」

冗談なのか本気なのか、どちらとも取れない表情でフェリックスが言った。

「なっ……!?」

つい見つめすぎた自覚があるだけにハノンは真っ赤になりながら内心臍《ほぞ》を噛む。

「もう！　歩く梯子《はしご》だなと考えていただけですっ、変なこと言わないでください！」

思わず大きな声を出してしまったハノンの唇をフェリックスは指で押さえた。

「!?」

「しっ……ここは図書室だよ。静かにしないと」

唇に触れられたことと、ここが〝図書室〟であることが、あの夜の記憶を呼び覚ましてハノンはいた堪《たま》れなくなる。

ハノンとフェリックスにとって図書室は思い出深い場所なのだ。

あの時は魔術学園の図書室であったが。

最初に唇を重ねたのはハノンの方からだった……

と、そこまで考えてハノンは我に返った。

(はっ！　何を思い出してるのよっ、こんなところでっ！　いや図書室《こんなところ》だからこそ思い出しちゃう

んだけどっ）

とにかくこの場から離れなければボロが出る……！　そう思ったハノンは急いで本の貸し出し手続きを済ませ、図書室を出た。が、当然の如《ごと》くフェリックスが後を付いてくる。

「どうして付いてくるんですか？」

冷静になろうとあえて端的に訊くと、フェリックスがハノンが抱えていた本を取り上げた。

「俺が持つよ。医務室まで運べばいいんだろ？」

ハノンが両手で抱えるように運んでいた分厚くて重い学術書を軽々と片手で持っている。

（つく……手も大きくて力持ちなんてっ……！　だから！　いちいちキュンなんてするんじゃないっ！）

心の中が忙しい状態になっているハノンに付き従うようにフェリックスが歩き続ける。

「視察中なのに近衛《このえ》は暇なんですか？」

我ながら可愛げのない言い方をしたと思うも、フェリックスはそれを意に介する様子もなく答えた。

「今日は視察の予定はなく、殿下は滞在中の部屋でゆっくりと過ごされている。警護は交代制だから、こうして時間があるんだよ」

「……そうですか」

正直そこまで興味のある内容ではなかったが、他の話題になってボロを出すのを恐れたハノンはそれを黙って聞くことにした。

医務室までの道すがら、フェリックスは職務中にあった面白い話などを聞かせてくれた。女性であるハノンが不審者捕縛《ほばく》の話を聞いても怖がらないように言葉巧みに話す様《さま》は、さすが女の扱いに慣れているようだ。

学生時代に彼が沢山の華やかな女子生徒に囲まれていた姿を思い出し、ハノンはなるほどねと思った。

そうこうしているうちに医務室へと着き、持ってもらっていた本を受け取る。

世話になったのは事実なのでハノンは礼を告げた。

「ありがとうございました。おかげで助かりました」

「いや、特に何もしていないよ。その本を返却する時も声をかけてくれたら、またお供するから」

「いえ、大丈夫です」

フェリックスと図書室なんてとんでもない。否応《いやおう》なしにあの夜の記憶が呼び覚まされてしまう。

今日もなぜわざわざ図書室まで来たのか。

そんなことを考えるハノンをじっと見つめ、フェリックスが言った。

「……俺と図書室に行きたくない訳でも？」

そう訊かれてギクリとするも、ハノンはにっこりと笑顔で答える。

「いいえ。あなたのせいでまた大きな声を出して他の利用者に迷惑をかけたくないだけですわ」

「……そう。まぁいいさ、まだ時間はある。それじゃあ」

そう言ってフェリックスはクリフォード王子の元へと戻っていった。

時間とは……視察の日程のことだろう。

ならばハノンはその日程をすべてスルーして乗り切ってみせる。今さら関係を認めても誰も幸せにはならないから。

ハノンは遠ざかっていくフェリックスの背中をじっと見つめていた。

一方、フェリックスもまた心中は穏やかではなかった。

図書室という場所と、ハノンの存在がどうしてもあの卒業式の夜の記憶を呼び起こす。

彼女は決して認めようとはしないが、その頑《かたく》なに否定する様《さま》は却《かえ》って肯定しているのと同じだ。

やはり間違いないだろう。

ハノン＝ルーセル、彼女こそがあの卒業式の夜、自分を救ってくれた女性《ひと》なのだ。

◆◆◆◆◆

「フェリックス様、いい加減にわたしくしを選んでくださいませ」

「リジア様は貴方に相応《ふさわ》しくありませんわ、やはり家格の釣り合いを考えませんと」

「ナディーヌ様のお家が誇れるものはもはや歴史のみ。ワイズ侯爵家にとって決して良縁とは思えませんわ」

「フェリックス様、私ならきっと貴方の良き妻になれますわ。だからもうそろそろお決めになっていただけません？」

これはずっと婚約者候補達に言われ続けてきた言葉だ。

そして俺は決まってこう返事をしてきた。紳士的に、穏やかな笑みを浮かべながら。

「お互いの良き人生のためですからね、時間をかけてきちんと考えたいのです」

俺には十五の歳に決められた二人の婚約者候補がいた。

どちらも向こうからの打診で、どちらの家門と縁を結んでも大差ないと踏んだ父には好きな方を選んでいいと言われた。

……選ぶ？　どちらかを？　どちらも選びたくないのに？

……もう少し時間が経てば、どちらかに愛情が湧くのだろうか。

そうであってほしいと、俺は結論を出すのを将来の自分に任せた。

数年が経ち魔法学園に入学して、婚約者候補の令嬢達も俺を追うようにして入学してきたが、確か二人とも魔力はないという話だったはず。

……裏から手を回して入ったか。そんなことを平気でする人間と生涯を共にしなければならないのか。

しかし貴族の婚姻などそういうものだと理解はしている。とりあえず……卒業までもう少し考えさせてもらおう。

「フェリックス、決められないのは決めたくないからだ」

ある日、幼馴染《おさななじみ》であり将来騎士として仕えることが決まっている、この国の第二王子であるクリフォードにそう言われた。

そう……なのか？　いや……そうなのだろう。しかし、この二人しか候補がいないらしいのだから仕方ない。

そんな時、父から魔法学園卒業を機に婚約発表をするので、それまでに相手を決めるようにと告げられた。

期日は卒業式から一週間後。

いい加減覚悟を決めるか……とそんな気持ちを抱えながら臨《のぞ》んだ卒業式、いや正確にはその夜の祝賀パーティーで事《こと》が起きた。

婚約者二人から勧められたドリンクと菓子に、それぞれ媚薬と催淫剤が入れられていた。

奇《く》しくも二人の令嬢がそれぞれが同じことを企《くわだ》て、同時に俺に薬を盛ったのだ。

相手を出し抜くために既成事実を作ろうとしたらしい。

なんて愚かな。なんて卑劣な。

俺は体の内々《うちうち》から湧き上がる熱と欲望に苛《さいな》まれながらも、無意識に転移魔法で飛んでいた。

とにかくどこかへ、あの二人の手が届かない場所へ。

医務室はダメだ。早々にどちらかの令嬢の手の者に捕まる可能性がある。

でも今の俺の状態ではそう遠くには転移出来ないだろう。

どこでもいい。とにかくどこかへ。あいつらのいないところへ……！

気付けばとても静かな室内にいた。

秋の夜《よ》の虫の声と、遠くに聞こえるパーティーの喧騒《けんそう》。

仄暗《ほのぐら》く、一つだけ開いている窓から入るそよ風がカーテンを揺らしている。

（……ここは……図書室、かっ……？）

先ほどから目の前がチカチカしている。目を凝《こ》らして周りを見ると、立ち並んだ書架《しょか》が視界に入った。

苦しいっ……灼熱《しゃくねつ》の炎で身の内から焼かれ、魔獣に変えられてしまったように、獰猛《どうもう》な衝動が抑えられない。

なんとか薬の効果が切れるまでここで一人、耐えるしかない。

幼い頃からある程度の毒や媚薬の類《たぐい》を飲まされ、耐性を付けられているにもかかわらずこのあり様だ。

今なら女だろうが男だろうが側にいれば襲ってしまいかねない。

しかしせめて水が欲しい。

「誰か……誰か助けてくれ……」

誰もいない場所を選んでおきながら、あまりの苦しさと喉の渇きに思わず縋《すが》りたくなる。

そんな時、ふいに目の前に水の入ったグラスが差し出された。

「……！」

差し出された方を見ると、薄暗い部屋の中で誰かが震える手で水を渡してくれている。

俺はグラスを持った相手の手ごと掴み、水を一気に呷《あお》った。

水をくれた相手が震える声で尋ねてきた。

「だ、大丈夫……ですか？　随分うなされて水、水と言っていましたが」

声の主は女性だった。

俺はなんとか声を絞り出して相手に告げる。

「あ、りがと……う、だけどすまないが、この部屋からすぐに出てくれっ……」

「あなたは……！」

相手は俺が誰だかすぐにわかったようだが、俺にとっては正直それどころではなかった。

現に相手から漂《ただよ》う女性特有の香りに理性が吹き飛びそうになる。

どういうことだ、これも媚薬や催淫剤の効果なのかっ？

「俺は、今、普通の状態では……ない、側にいれば、貴女に危害を加える恐れが……あるっ、だから早く出ていってくれっ」

俺の様子が尋常ではないと、どんなに鈍い人間でもわかるはずだ。

それなのに相手は逃げるどころか俺の額に手を当てたり、脈拍を測ったりと医療魔術師のようなことをする。

俺はなんとか理性を振り絞って身を捩《よじ》った。

「触るなっ……頼む、どこかへ行ってくれっ……」

「何かの薬を服用されたのですか？」

「……媚薬と催淫剤だっ……！　これでわかっただろう、俺の理性が保つ内にさっさと出ていけっ……」

ここまで言えばさすがに逃げるだろうと思って正直に言ったのに、相手は逃げるどころか絶望的な言葉を俺に投げかけてきた。

「媚薬と催淫剤っ⁉　両方同時にですかっ⁉　あなた！　今すぐ解毒しないと死にますよ！」

「そこまで言うなら解毒剤を持ってきてくれっ……！」

「こんな学校に、たとえ医務室であったとしても媚薬と催淫剤の解毒剤なんか置いてる訳ないじゃないですかっ、あぁせめて処方箋《しょほうせん》と薬材があればなんとかなったのに……貴方、転移魔法は使えますかっ？　使えるなら、今すぐ大きな病院に飛んでくださいっ」

「無理っ……だ、もう魔力のコントロールが出来ないっ……転移したら、きっと体がバラバラになるっ……」

「そんなっ……人を呼ぼうにもその間に中毒を起こして死んでしまうかもしれないのにっ……」

この女性はさっきから俺のことをなんとかしようと必死になってくれている。

それなのに俺は……相手が俺に触れる手に、言葉と同時に発せられる呼気に刺激され、理性が振り切れてしまった。

「きゃあっ！」

その瞬間、相手を押し倒す。まだどうにか残るなけなしの理性で彼女に告げた。

「頼むっ……今すぐ俺を殴ってここから逃げてくれっ……そうでないと、俺は貴女に何をするかわからないっ……」

心拍数が、呼吸がこれ以上ないほど荒くなる。

「頼むっ……！」

押し出すように懇願《こんがん》すると、ふいに彼女の手が俺の頬に触れた。

「!?」

「……こ、ここに解毒薬はないですが、今すぐ貴方を救う方法が一つだけあります……」

「それはっ……？」

「わたしは以前、貴方に命を救われた者です。今度はわたしが、貴方を救う番ですね……」

自分の下に組み敷いた彼女の声が震えているのがわかった。

暗がりで表情はよくわからないが、なぜか微笑んでいるような気がした。

「わたしを抱いていいですよ……一度でも吐精すれば、効果が薄れ、中毒性が弱まります。少なくとも死に至る事態は回避出来るはずですから」

「な、何を言ってるんだっ……？」

彼女は正気か？　救命のために自らの体を差し出すというのか？

「貴方に救われた命です。あの時、貴方がいなければ今頃冷たい土の中でした。貴方の役に立てるなら……わたしは構いません」

「だ、駄目だ……」

そう言った俺の口を微《かす》かに震える彼女の唇が塞いだ。

「駄目だ、逃げっ……ろっ」

そしてもう一度唇が重なる。

その瞬間、完全に理性が吹き飛んだ。

相手から重ねられた唇を逃すものかと強引に貪《むさぼ》る。

行為が始まると、あんなに身の内を焼いていた苦しみが鎮《しず》まった。

そして別の熱が滾《たぎ》り出す。

気がつけば夢中になって彼女を抱いていた。

一度では済まず、何度も、何度も。

彼女が自分で簡単な回復魔法をかけるのをいいことに……

そのたびに彼女は俺の首に手を回し、優しく頬に口付けしてくれた。

愛おしかった。初めての相手だからか、救ってくれた相手だからかはわからない。

ただ、初めて湧き上がる感情だった。

そしていつの間にか眠っていたのだろう。夜明け前になり、一人目を覚ます。

室内に彼女の姿はなかった。

ノートの切れ端に書かれたひと言を残して。

〝昨夜のことは誰にも言うつもりはありません。どうか何も起きなかったこととして、幸多き人生を〟

彼女はいったい誰だったのだろう。同じ卒業生だったのか、卒業生の関係者だったのか。

手がかりは何も残されていなかった。

しかし、あの時湧き上がった感情が消えることはなかった。

俺が呆然としながら、彼女が魔法で書いた文字を指で辿っていると図書室にワイズ家の者が飛び込んできた。

聞けば俺に薬を盛った婚約者候補達は事《こと》が露見《ろけん》するのを恐れて逃げ帰ったという。

朝になってもあまりに様子が変なので理由を聞き出した両家の親により発覚し、慌てて令嬢達の家とウチの家の者が学園中、俺を捜し回ったそうだ。

当然、縁談はこちらから跳ね除《の》けた。

いくら政略結婚といえど、自分の思惑のために薬を盛るような人間と人生を共になど出来る訳がない。

薬を盛り、俺を殺しかけた罪を償うとして、令嬢達の親は彼女達を修道院送りにした。

それで不問にしてほしいということだろうが、もはや俺にとってどうでも良いことだった。

頭の中はあの夜の彼女でいっぱいだった。周りには一時《いっとき》の熱に浮かされているだけだと言われたが。

それは俺にもわからない。この感情が一時的なものなのか、そうでないのか。

でも、それは彼女にもう一度会えばわかることだ。

俺は父に頼み込んだ。

許されるのなら命の恩人でもある女性を見つけ出し、この想いが本物ならば彼女を妻に迎えたいと。

許されなくても家を追い出されても必ず見つけ出すと、そう父に告げた。

父は最初は難色を示していたが、俺の熱意を汲《く》み取ってくれたのか、何を言っても無駄だと思ったのか、いくつかの条件を突き付けてきた。

四年の間に――俺が二十三歳になるまでに相手を見つけ出すこと。

そしてその相手が既婚者ではなく、また下位であっても構わないから貴族の娘であること。

そして俺の求婚を受け入れてくれるのであれば、結婚を認めると。

しかし相手が拒否した場合、または期限が切れた場合は大人しく父が決めた令嬢と結婚することを条件として提示された。

なぜ二十三歳なのかというと、父が結婚した歳が二十三歳なのだそうだ。

まぁそれは何かしら期限を設《もう》けるための後付けなのだろうが、それは問題ではなかった。

なので父のその条件を受け入れた。

とにかく父の許しを得て、結婚を認めてもらえればすぐに彼女が見つかって結婚出来ると考えていたのだ。

だが、すぐにその考えが甘かったことを思い知らされた。

全く手がかりのない状態から人一人捜し出すのがこんなにも難しいことだったなんて……

目撃証言もない、物的証拠もない。唯一残されたメモも魔法で書かれていたせいで、筆跡も辿れない。

時々月明かりに照らされていたプラチナ色の柔らかい髪、それと赤い花。あれはなんだったのだろう。

刺青《いれずみ》ではなかったと思う。胸元に赤い花が咲く女性、そして心の中にしっかりと刻み込んだ彼女の魔力の特性。

それだけを頼りに捜すより他なかった。

思いばかりを募《つの》らせ、いつしか三年が経過してしまっていた。

父に定められた期限が迫っているにもかかわらず一向に手がかりが掴めない。焦りだけが募《つの》っていく。

半《なか》ばヤケクソで、妹から教えられた評判の占い師の家の扉を叩いたのはその頃だ。

そこで告げられた三つのワード。

『西の騎士が集《つど》う場所』

『薬品の香り』

『無垢《むく》な宝を抱えている』

彼女を示すそれらのワードが何を意味しているのかはわからなかったが、とにかく〝西の騎士が集《つど》う場所〟が西方騎士団であることに間違いはなさそうだ。

俺はクリフォードに暇《いとま》を願い出た。

彼女を見つけるまで帰らないつもりだったからだ。

クリフは呆れながらも、騎士を辞する必要はないと言って、視察先を西方騎士団にするよう取り計らってくれた。

王族と共にならば、西方騎士団関係者でなくても駐屯所内を闊歩《かっぽ》出来る。人捜しもやりやすくなるというものだ。

俺は幼馴染《おさななじみ》に心から感謝している。そしてあの占い師にも。

だってようやく、ようやく捜し続けた彼女に辿り着けたのだから。

あの時の彼女の名は、四年越しに知ることが出来た彼女の名はハノン＝ルーセル。

しかし、ハノンはなぜか頑《かたく》なにあの夜の相手は自分ではないと否定する。

なぜだ？　咎《とが》められると思っているのか？　そんな訳はないのに。

彼女について調べさせた者の話では、職場や近所での人付き合いはとても良好なようで、誰も彼女の情報を喋りたがらないらしい。

王都から来たことと、魔法薬剤師であることと、未婚であることしかわからなかったと。

まぁいい。とにかく未婚であるならこれから沢山話をして、想いを伝えていくしかない。

それなのにハノンはことあるごとに逃げを打つ。なぜだ？　何を警戒している？

でも、ようやく見つけたんだ。絶対に逃さない。どうしても俺が嫌だというのなら仕方ないが……

とにかく彼女の本心を聞かないことには何も始まらないのだ。

悪いがハノン、逃すつもりはない。

どうしてもキミが欲しいんだ。絶対に、諦めない。諦められない。

◆◆◆◆◆

「ままーぼくがとるー！」

アパートの一階の郵便受けの前で、ルシアンが両手を上げて抱っこをせがんだ。

「お手紙取ってくれるの？」

「うん！」

ハノンはルシアンを抱き上げ、郵便受けの扉を開けた。ルシアンは小さな手で一生懸命に手紙を取り出す。そして得意げにハノンに渡してくれた。

「はい、まま！」

「ありがとうルシアン」

手紙を受け取る時にちらりと送り主の名が見えた。〝ファビアン＝ルーセル〟。

北方騎士団で国境を守っている兄からの手紙だった。兄とはいつもマメに手紙でやり取りをしている。これもその定期便だろうと思っていたが、今回は少し内容が違った。

「ルシー、ファビアンおじさんがここに来るんだって」

なんでも三ヶ月後に西と北、双方の騎士団で合同演習を行うそうだ。

兄はその調整役を任されたため、ハイレンに来るらしい。

「おじたん？」

「いつもお話してるでしょ？　ママのお兄さん、ルシーの伯父《おじ》さんにあたる人よ」

兄とはルシアンが生まれてすぐに会ったきりだ。三年ぶりの再会である。

生まれたばかりのルシアンの目の色はまだ赤とも黒ともとれない色だった。

今回、兄が成長したルシアンの姿を見たら、ワイズ侯爵家の血が入っていると気付くのでは……

という心配はきっと無用だろう。

借金まみれで学園に通うだけで精一杯だったルーセル家は、社交は一切していない。それに下位貴族の子女が、高位貴族の子女と顔を合わせることはまずない。

学園などは話は別だが、それでも三つ年上の兄の学年にワイズ侯爵家の者は、その分家も含めていなかったはずだ。

それこそ剣技や借金返済のことしか頭にない兄が貴族名鑑など目を通すはずがないし、まず大丈夫だろう。

手紙には来週にはこちらに着くと書いてあった。


そんな中、仕事中にルシアンを預けている託児所から知らせが入った。

ルシアンが酷くぐずって泣きやまないというのだ。

あの歳の子がぐずって泣くのは当たり前なので託児所の人達も慣れているはずだが、それなのに知らせてくるというのは尋常ではないのだろう。

側で話を聞いていたメロディがハノンに言った。

「すぐに行ってあげて。調剤のことは心配いらないワ、こちらでなんとかしとくから！」

「ごめんメロディ、ありがとう！」

ハノンは礼を言うとすぐに白衣を脱いで鞄を手にした。そして急いで出入り口へと向かう。

扉を開けた瞬間、部屋に入ろうとしたフェリックスとぶつかる。

「きゃっ」

「おっと」

固い体にぶつかった反動で後ろに転げそうになったハノンの腕をフェリックスが掴んで支えてくれた。

「ありがとう、ごめんなさい、さようなら！」

矢継ぎ早に告げてハノンが走り去る。それを呆気に取られて見送ったフェリックスがメロディに聞いた。

「何かあったのですか？」

「まぁちょっと急ぎの用事？」

ハノンとフェリックスの事情は知らないメロディだが、最初にフェリックスの容姿を見た時に勘付いた。

そしてその後の二人のやり取りで悟ったのである。

ルシアンの父親がフェリックスであると。


その後、ハノンはルシアンを迎えに託児所へ飛び込んだ。

その頃には泣き疲れたルシアンが小さなベッドで寝かされていた。

「あぁ、お母さん、すぐに来てくださったんですね」

「ご迷惑をおかけしました」

「いえいえ、いつもお利口《りこう》さんなルシアンくんにしては珍しいことなので、それで余計に心配になって……近頃、体調が悪いとかはないですか？」

託児所の者に尋ねられ、ハノンは答えた。

「実は先日も酷くぐずった時があったんです。すぐに元気になったんですが、何か原因があるのでしょうか……」

ハノンは心配になって息子の頬に手を当てる。

「環境の変化とかに子どもは敏感に反応します。近頃何か変わったことはありませんでしたか？」

変わったことは……ある。あるが、ルシアンの周りでは起こっていない。

ハノンは寝ている息子をそっと抱き上げた。寝ぼけながらルシアンがハノンを呼ぶ。

「まま……」

ハノンは我が子をぎゅっと抱きしめた。

◇◇◇◇◇

「ハノン！　元気だったかっ？」

「お久しぶりです、お兄様」

週が明けて、ハノンの兄がハイレンへやってきた。相変わらず大きな声だ。

ハノンのスカートを掴んだまま、ルシアンは突然家に入ってきた大男をきょとんと見ている。

ルシアンに気付いた兄、ファビアンがしゃがんで膝を突き、ルシアンの目線に近づいた。

「やぁ、ルシアン。俺はファビアン、キミの伯父《おじ》さんだよ」

「おじ……たん？」

「そう、伯父《おじ》たんだ」

ニッコリと微笑みながら頷くファビアンを見ていたルシアンが、途端に笑顔になる。

「おじたん！」

「ははは！　ルシアン！　なんて可愛いんだっ！」

ファビアンが立ち上がり様《ざま》にルシアンを抱き上げた。

母親の抱っことは比べ物にならないほど高いそれに、ルシアンは目をぱちくりさせた。

「たかいっ」

「そうだ！　高いだろっ？　ホラ！」

そう言って、次はルシアンを肩車する。

「しゅごいっまま！　しゅごいっ！」

大喜びのルシアンを見て、ハノンは少し切なくなった。やはりこういうことは母親には出来ない。父親がいればいつもしてもらえる肩車も、ルシアンは伯父《おじ》に会える時にしかしてもらえない子なのだ。

（よし、筋トレするか！）

だけど……

それはわかっていて生んだはずだ。

ないものを欲しがっても仕方ない。出来る限りは努力する、それがハノンの信条だった。

筋トレして強靭《きょうじん》な下半身とゴッツい首を手に入れて、息子を肩車出来る母親になる！

ハノンが明後日《あさって》の方向に闘志を燃やしているのをよそに、伯父《おじ》と甥はすっかり仲良しになっていた。

「おじたん、ぼくのおうちでねんねしゅるの？」

「そうだよ」

ファビアンが返事をすると、ルシアンは目をキラキラさせて喜んだ。

「クマたんのまくらかちてあげる！」

「はきゅうん！　ハ、ハノン！　天使がっ、ここに天使がいるぞっ!!」

「はいはい」

頬を薔薇色《ばらいろ》に染めてときめく兄を尻目に、ハノンは食事の準備に取りかかった。


その後、共に夕食を食べ、ファビアンはルシアンをお風呂に入れてくれた。

おかげでハノンは数年ぶりに一人でゆっくりと湯船に浸《つ》かることが出来た。

「あー……いい気持ち……」

こんなにゆったりした気分になれたのはいつぶりだろう。

少なくともフェリックスと再会してからというもの、警戒心で神経を尖らせてばかりいた。

「……」

やはり、どうして彼が自分のことを捜しているのか理解出来ない。もう四年も経つのに。

おそらく彼はもう、あのどちらかの婚約者候補と結婚して家庭を持っているはずだ。

それなのになぜ今さら……もしかしてずっとわたしを捜していた？

それこそなんのために。今になって口封じ……とかではないだろう。ならなぜ？

まさか、やっぱりあの夜のことが忘れられないとか？　…………………………ないな。

ハノンは自分の胸元を見た。魔障《ましょう》で受けた傷のせいで肌が赤く引き攣《ひつ》れている。

あの時、彼はこれを、あの暗がりでも見たのだろうか……ハノンはいた堪《たま》れなくなり、思わず湯船に顔を潜《もぐ》らせた。

次の日になり、ルシアンを託児所に預けてから兄と一緒に騎士団の詰め所に向かう。

ファビアンは、今日は合同演習の日程とカリキュラムを担当騎士と調整するのだそうだ。

ちょうどハノンの終業時間に終わるそうなので、一緒に帰る約束をした。

ファビアンの仕事が終わったら、調剤室まで迎えに来てくれるらしい。

ハノンはこの日、とても楽しい気持ちで仕事が出来た。

（ふふ、お兄様が職場に来るなんてなんか新鮮だわ。メロディにも紹介したいな）

相変わらず、調剤のお目付け役で来たフェリックスがやたらと絡んでくるが……

しかし、そこでようやくハノンはある可能性に気付く。

このままでは迎えに来たファビアンとフェリックスが鉢合わせしてしまうかもしれないのだ。

ワイズ侯爵家を詳しく知らないファビアンでも、フェリックスの容姿を見れば、ルシアンとの血の繋がりを勘付くかもしれない。

そう、ルシアンはフェリックスに瓜二つなのだ。

ハノンは慌てて作業を進めた。完成した薬のビンにラベルを貼り、フェリックスに渡す。

そして兄が来る前に調剤室を出ようと、急いで白衣を脱いで帰り支度をした。

「メロディ、ごめん！　ちょっと急用が出来たからもう帰るわね！」

「OKヨ、またゆっくりお兄サンを紹介して」

「うんわかった、ごめんね！」

そう言って部屋を出ようとするハノンを、フェリックスが引き留める。

「なんかこのところ、急いで帰る姿ばかりを目にするんだが何かあったのか？」

「な、何かって？　何もないわ！　ごめんなさい、わたし急ぐからっ……」

と、そこまで言いかけた時、無情にも調剤室の扉が開き、ファビアンが中に入ってきた。

「おーいハノン、迎えに来たぞ……」

こういう時ほど、タイミング良く会わせたくない者同士が顔を合わせるものである。

ファビアンはハノンの向かいに立つフェリックスを見て目を見張った。

銀色の髪に赤い瞳。

顔立ちも、甥っ子が成長すればこうなるだろうという想像が容易に出来るほど激似である。

そしてファビアンは思わずその名を呟いた。

「ル、ルシアン……？」

この状況を打破するべくハノンが取った行動は……誤魔化しであった。

「あ、あらやだお兄様ってば、〝ゴシアン〟？　東方の国の甘い豆ペーストが食べたくなったの？　あいにく近所の市場には〝ツブアン〟しか売ってないのよっ、でももしかしたら〝ゴシアン〟もあるかもしれないわねっ！　じゃあ市場に寄ってから帰りましょうねっ！」

（わかってる、自分でもかなり無理があるとわかってる。しかし今はこれを押し通す！）

ハノンはここから脱出するために兄の背中をぐいぐい押した。

「え？　何言ってるんだ？　だって、お前、この人どう見ても……え、まさか……」

「おだまりっ……それじゃあ皆様、ごきげんよぅぅ」

ハノンはその華奢《きゃしゃ》な体からは想像も付かないほどの剛力でファビアンを部屋の外へと追いやり、自分も部屋を出る。

後には呆気に取られて見送るしかなかったフェリックスと、堪《こら》えきれない笑いが漏《も》れ出しているメロディが残された。

「くっくっくっ……！　ハノンってば無理がありすぎるでしょっ……ぶっぷぷぷっ……」

「……ミスフレゲ……今の男は？　ミスルーセルとはいったいどのような関係なのでしょうか？」

メロディは込み上げる笑いをなんとか鎮《しず》め、フェリックスの質問に答えた。

「ああ、さっきの彼はハノンの実兄ですヨ。北方騎士団所属の騎士ですワ」

「兄っ？　全然似てませんでしたがっ？」

「ハノンは祖母似だと言ってましたからネ」

「そうですか……兄妹ですか……」

あからさまにほっとした様子のフェリックスにメロディはニヤニヤ笑いながら告げた。

「そんなにハノンのことが好きなら、すべて曝《さら》け出して本気でイカないとネ。あの子、変に現実的なところがあるし、用心深い性格だから、どストレートで想いを告げないと伝わらないと思いますヨ」

「……なるほど……それにしても、〝ゴシアン〟ってなんですか？」

「ぶはっっ！」

せっかく治まっていた笑いがフェリックスの質問のせいでまた戻ってきて、メロディは盛大に噴き出した。

◇◇◇◇◇

夜、ルシアンを寝かしつけた後、テーブルを挟んで向かい合う兄と妹。

ファビアンが西方騎士団にいる間、今日みたいにフェリックスと顔を合わせる事態は避けられないと覚悟を決めたハノンは兄にすべてを話した。

学園でフェリックスに命を救われたこと。

その時から密かに彼を想い続けてきたこと。

あの夜、薬に苦しむフェリックスを救いたい一心だったのと、傷のせいで結婚を諦めたが一生に一度の思い出が欲しくて体を重ねたこと。

そしてなぜかフェリックスが自分を捜していたことを、ハノンはすべて話したのだった。

黙って話を聞いていたファビアンが呟くように言った。

「……どうりでルシアンにそっくりな訳だ」

「……」

「それで？　どうするつもりなんだ？」

「どうするって？」

「子ども《ルシアン》のことを告げるのか？」

「まさか！　向こうにはもう家庭があるはずなのよ？　そんな今さら波風立てるような真似をしたくないし、もしワイズ侯爵家にルシアンを取られたらどうするのっ？」

怯えるハノンの手をファビアンは優しく包んだ。

「でも、子どもが生まれたことを知らないワイズ卿がなぜわざわざお前を捜す？　愛人にでもする気でか？」

「……そんな人ではないと思う……」

彼の為人《ひととなり》をすべて知っている訳ではない。でも平気で妻を裏切って不貞を働くような人間ではないということはわかる。

「それならルシアンのことはとりあえず置いといて、あの夜の相手が自分だと打ち明けた上で話し合った方がいいんじゃないか？　もしかしたら、恩返しがしたいだけかもしれないぞ？」

「そう、かな……？」

「もし、ホントに何か難癖《なんくせ》付けてきたり不埒《ふらち》な真似をするような奴なら、お兄ちゃんが懲《こ》らしめてあげます！」

「ふふ、そうね。どうせならお兄様がハイレンにいる間に決着をつけた方がいいかもしれないわね」

「そういうことだ」

そう言ってファビアンはハノンの頭にポンと大きな手をのせた。

昔と変わらず温かな手だった。

その温もりに背中を押されて、ハノンはフェリックスとちゃんと向き合おうと、そう思えた。

(明日にでもワイズ卿に時間を取ってもらえるか聞いてみよう)

◇◇◇◇◇

北方騎士団の使者としてハイレンを訪れている兄ファビアン。

任務中はハノンのアパートに滞在することになり、すっかり伯父《おじ》と甥っ子で相思相愛になっていた。

「ルシーはホントに可愛いでちゅねー」

「……お兄様、語尾がおかしなことになっているわよ」

「あぁいかん、ついな。天使と接しているとどうしても語尾が蕩《とろ》けてしまう」

「それ、蕩《とろ》けた語尾なの？」

「とにかく！　俺の甥っ子はなんであんなに可愛いんだっ⁉」

ダンッ！　と握り拳を軽くテーブルに叩きつけ、ファビアンが訴えかけてきた。

ハノンはどう言ったら良いものか考えあぐねて、面倒くさいので適当に答える。

「お兄様の甥だからじゃない？」

「なるほど‼」

そういえば兄は昔から子猫や子犬などの小さな生きものが大好きだったなと思い出す。

体は大きいが気性が優しいのが動物にも伝わるのか、色んな動物によく懐かれていた。

そういえば魔獣にも……懐かしい光景を微笑ましく思い出していたハノンに、ファビアンが尋ねてきた。

「あれからワイズ卿とは話が出来たのか？」

その言葉にハノンはかぶりを振って答える。

「まだなの。ここ数日、第二王子殿下の護衛として方々《ほうぼう》への視察に同行して留守にされているから」

「そうか。早く話し合えて諸々が解決すると良いな」

「本当ね」

ハノンは紅茶を口に含み頷いた。

しかし、ルシアンの父親であるフェリックスときちんと話し合う前に、事《こと》が起きてしまう。

朝起きて、ハノンが隣で眠っているルシアンの異常に気付いた。

「ルシー……？」

体が異様に冷たいのだ。それなのに額には汗が滲《にじ》んでおり、力なくぐったりとしている。

「ルシーっ!?」

ちょうど、騎士団の朝稽古《あさげいこ》に参加していたファビアンが戻ってきてハノンに声をかけた。

「ハノン？　どうした、そんなに大声を出して」

「お兄様っ……ルシーの様子が変なの！」

ハノンの顔色を見たファビアンの表情が瞬時に変わる。

「どうしたっ？」

「わからないわ、でもなんだか変なのっ……昨日眠る時は異常はなかったのにっ……」

ハノンは力なく横たわる息子を抱きしめた。

「ルシーっ……！　お兄様、どうしようっ」

「落ち着けハノン、とりあえず病院へ運ぼう」

ファビアンはそう言ってルシアンをハノンから受け取り、抱き上げて玄関へと向かった。ハノンは財布などの入った鞄を持って後に続く。

ファビアンは北方騎士団から乗ってきた馬を乗り合い馬車屋へ預けていた。その馬で急ぎ街の大きな病院へ向かう。

病院に着き、医療魔術師の診察を受けると、すぐに診断が下りた。

『魔力欠乏症』

魔力保有者が子どもの時によく罹患《りかん》するという。

自らの魔力コントロールがまだ上手く出来ないせいで必要以上に魔力を体外に排出してしまい、魔力不足に陥《おちい》ってしまうのだそうだ。

普通は放っておいても魔力は自然に回復するのだそうだが、稀《まれ》に魔力の回復が上手くいかず、それにより深刻な意識障害が起こってしまうらしい。今のルシアンがその状態だそうだ。

近頃、ぐずることが多かったのは、徐々に失われる魔力のせいで不調を感じていたからだろうと医療魔術師は言った。

声が震えそうになるのを懸命に堪《こら》え、ハノンは医療魔術師に問う。

「どのような治療を受ければいいのですかっ？」

「失った魔力を補ってあげればいいのです。ただし、同じ性質の魔力でないといけません。でも親御さんであれば、魔力はかなり似ているため問題はないでしょう。魔力の輸力《ゆりょく》はすぐにでも行えますよ」

医師の言葉を聞き、ハノンは安堵した。

「良かった……！　ではわたしの魔力を息子に輸力してくださいっ」

「ではまず、魔力の性質が一致するか調べさせていただきますね、ごくたまに親子であっても異なる魔力の場合もありますから」

「お願いします！」

意識なく横たわるルシアンを兄に任せて、ハノンはすぐさま検査を受けた。

結果は……無情にも魔力不適合とされた。

母親であるハノンの魔力とルシアンの魔力の性質は全く別のもので、輸力は出来ないとのことだった。

ならばと一縷《いちる》の望みを懸けて伯父《おじ》であるファビアンにも検査を受けてもらう。しかし結果はハノンと同じだった。

(そんな……どうしてこんなことに？　なぜわたしのルシアンが？)

ショックで打ちのめされるハノンに医療魔術師は尋ねてきた。

「ルシアン君はおそらく父親の方の魔力の性質を受け継いでいるのでしょうね。お父さんからの魔力提供は可能ですか？」

「父親……」

ハノンの表情を見て、医療魔術師は父親がいないことを悟ったようだ。

「……困りましたね……ルシアン君はまだ幼すぎて自身での魔力回復は見込めません。なるべく早く対処しないと、最悪の事態も想定しなければなりません……」

「そ、そんな……」

崩れ落ちそうになるハノンをファビアンが支えた。

「ハノン……」

父親は……いる。でもルシアンの存在さえ告げていないのに協力してもらえるだろうか……

話しても信じてもらえず、相手にされないかもしれない。

よしんば助けてもらえたとしても、そのままルシアンを侯爵家に奪われるかもしれない。

でも……

それでも、ルシアンが元気に成長してくれる方がいい。

たとえルシアンと離れ離れになったとしても、ルシアンが生きてさえいてくれるならそれでいい。

フェリックスに頼もう。ルシアンを助けてほしいと。誠心誠意、心を込めてお願いしよう。

ハノンは心を決めた。

「……お兄様、わたし行ってきます。少しだけルシアンのことをお願いしてもいいですか？」

ハノンの目を見て、ファビアンは大きく頷いた。

「わかった。任せておけ、まだ馬には乗れるな？」

「はい。もう何年も乗ってませんが、体が覚えているはずです」

「よし、気をつけて行ってこい」

「はいっ」

そう答えてハノンはルシアンの額にそっとキスを落とし、すぐさま病室を後にした。

向かうはフェリックスが第二王子クリフォード達と共に滞在している騎士団の高官棟だ。

(お願い……どうか、どうかルシアンを助けてっ)

心の中で叫ぶように祈りながら、ハノンは急ぎ馬を走らせた。

――卒業式の後の祝賀パーティーの夜。

卒業生としてとりあえずはパーティーに出席したものの、その場の空気に馴染《なじ》めずにハノンは図書室に逃げ出した。学園内で一番思い入れの深い場所だったたし、お世話になった数々の本達にお別れを言いたかったから。

そこでまさかずっと密かに想っていた彼とあんなことになるなんて思ってもみなかったけど……

おかげでルシアンという宝物を授かった。

だけど今その宝を、大切に守り慈《いつく》しみ育《はぐく》んできたその宝を失ってしまうかもしれない。

ハノンはその恐怖に耐えつつ、たった一つの希望に縋《すが》る思いで馬を走らせていた。

騎士団の門の前に着き、門衛に馬を預けて高官棟までひた走る。無駄に広い駐屯敷地内、高官棟は最奥にあった。

ハノンは息苦しさを感じながらも、それでも必死で足を動かし続けた。

そしてようやく高官棟に辿り着き、運良く見つけた第二王子クリフォードの侍従の一人にフェリックス＝ワイズへの取り次ぎを願う。

しかしその侍従は約束がない者は取り次げないと無下《むげ》に断った。女性に人気のフェリックス目当てにこうやって押しかける令嬢が多いらしく、事前の約束がない者は通せないと言うのだ。

ハノンは必死になって侍従に頼んだ。

「緊急を要する事態なんですっ！　お願いします！　ハノン＝ルーセルが面会を希望しているとお伝えいただくだけでいいですからっ……！」

「そんなこと言って……私どもは忙しいのです、どうせ無駄になる言伝《ことづて》のために時間を割《さ》いてる暇はありません」

「無駄になるかどうかなんて、わからないじゃないですかっ、お願いします！　お伝えいただくだけでいいんです！」

ハノンの懇願《こんがん》にも、その侍従は鼻で笑った。

「はいはい、もう諦めてお引き取りください。大体、侯爵家のご子息があなたみたいな平民の相手なんてする訳ないでしょう」

「もういいです！　自分で捜しますからっ」

こんな侍従に構っている時間が惜しい。しかし無理やり中へ入ろうとしたハノンを、その侍従が腕を掴んで引き戻そうとした。

「ちょっ……しつこいぞっ！　とっとと帰れっ！」

「離してっ！」

強い力で腕を掴まれ、ハノンは必死に抵抗した。その時である。

「どうした、何事か」

よく通る低い声が聞こえた。ハノンが声がした方向を見ると、そこにはフェリックス＝ワイズ、その人が立っていた。

「……！」

「ハノン？　どうしたんだこんなところで」

ハノンに気付いたフェリックスがこちらに歩み寄ってくる。

そして侍従がハノンの腕を掴んでいるのを見て、怒りを含んだ冷たい視線を侍従に向けた。

「この手を離せ」

「ワ、ワイズ卿のお知り合いですか……？」

「いいからこの手を離してすぐにここから立ち去れ」

「っはい、失礼いたしましたっ……」

侍従は掴んでいたハノンの腕を離し、そそくさと逃げ去った。腕を勢い良く離されたせいでハノンの体勢が崩れる。それをフェリックスは慌てて支えてくれた。

フェリックスは怒りを露《あら》わにしてため息を吐きながら言う。

「なんて乱暴な奴だ。大丈夫か？　それよりもいったいどうし……」

フェリックスがその言葉を最後まで告げることは出来なかった。

押し黙ったまま一心に自分を見つめ、ぼろぼろと涙を溢《こぼ》しているハノンに驚いたからだ。

「……ハノン、どうした？　なぜ泣いている？」

フェリックスはハノンの頬に手を添えて優しく問いかけた。

フェリックスの顔を見た途端に、なぜか安堵した。そして今まで堪《こら》えていたものが堰《せき》を切って溢《あふ》れ出してしまう。

「ワイズ卿……お願い……助けて、あの子を……ルシアンを助けてっ……」

「ルシアン？」

確か昨日もそんな名を耳にしたはずだ。コシアンではなかったのか。

「ごめんなさいっ……急にこんなことをお願いして。貴方に迷惑がかかるのはわかっているのっ、でもあの子を救えるのは父親である貴方しかいないのっ……お願いします、どうか、どうかルシアンを助けてくださいっ……！」

そこまで言うと、ハノンは力なく崩れ落ちた。

ハノンの言葉を聞き、その様子を目の当《まあ》たりにしたフェリックスは跪《ひざまず》いてハノンをそっと抱きしめた。

「ハノン……ハノン、大丈夫だ、落ち着け。大丈夫だから……」

そう言ってフェリックスはハノンの背中をトントンと優しく叩いた。

その心地良さが余計に泣けてくる。

「……俺達の間に子どもがいるんだな？」

ハノンは静かに泣きながらフェリックスの腕の中で頷いた。

「その子がなんらかの状態で、俺の助けが必要なんだな？」

ハノンはまた頷く。

「キミが隠していたことはこれだったのか……子どもを侯爵家に取られると思い、隠していたんだな？」

ハノンは頷いてから、フェリックスの胸に顔を埋《うず》めたまま答えた。

「ごめん、なさい……貴方の家庭を、人生を壊すつもりはないの……だから黙ってた。本当にごめんなさい……」

「いや、貴族社会とはそういうものだ。キミがそう思っていても仕方ない。ただ一つ言わせてもらうと、俺は未婚だ。婚約者も恋人もいない」

「……え？」

ハノンが思わず顔を上げてフェリックスを見た。フェリックスがハノンの涙を拭《ぬぐ》いながら言う。

「後できちんと話し合おう。とりあえず、まずは子どものところに急ごう」

そしてフェリックスはハノンを立ち上がらせてくれた。

「ワイズ卿っ……ありがとう、ありがとうっ……！」

「フェリックスだ。本当にそう思ってくれているのなら名前で呼んでくれ」

「フェリックス、様……」

ハノンがそう呼ぶとフェリックスは微笑んだ。

「時が惜しい、転移魔法で行く。まずは騎士団内の転移スポットに向かおう。転移先は？」

ハノンはフェリックスにぎゅっと掴まり、行き先を告げた。

「ハイレン中央病院です」

フェリックスは近くにいた他の侍従にクリフォードへの言伝《ことづて》を頼み、急ぎハノンと共にルシアンの待つ病院へと向かってくれた。

病院に着き、まずはフェリックスに魔力適合の検査を受けてもらう。結果はやはり完璧な適合者だった。

ルシアンの魔力の性質は父親であるフェリックスのものであった。

ハノンは心から安堵する。

医療魔術師がすぐに輸力の準備をすると告げ、その間にフェリックスをルシアンの病室へと案内した。

部屋に入るとフェリックスの姿を見たファビアンが大きく頷いた。

そして黙ってフェリックスと握手をし、その肩をポンと叩いて部屋を出ていった。後には親子三人が残される。

フェリックスがはっと息を呑んだのがわかった。

その眼差しは一心にベッドの上の小さな存在に向けられている。

ハノンはルシアンの元へ行き、フェリックスに言った。

「ルシアンです。少し前に三歳になりました。あなたの……息子です」

フェリックスはゆっくりとルシアンの側へと寄った。

そして少し震える手でその頭を撫で、ルシアンの小さな手を握った。

「小さいな……」

「まだ三つですからね」

「可愛いな……ああ、なんて可愛いんだ……」

その言葉を聞き、ハノンの瞳から再び涙が溢《あふ》れ出た。

自分が本当はどれだけその言葉を望んでいたのかがはっきりとわかった。

フェリックスには決して受け入れられない子どもだと思っていた。ところが、彼は慈愛に満ちた眼差しで可愛いと言ってくれたのだ。

嬉しかった。ルシアンが祝福される子であって、本当に嬉しかった。

嬉し涙を流すハノンをフェリックスが抱き寄せる。

そして囁《ささや》くような声で「ルシアンを産んでくれてありがとう。そして大切に守り育ててくれてありがとう。あの夜……俺を救ってくれてありがとう」と言ってくれた。

「フェリックス様っ……！」

わたしだってずっとありがとうと告げたかった。

あの日、魔物から救ってくれてありがとう。

ルシアンを授けてくれてありがとう。

わたしを、ずっと捜し続けてくれてありがとう……と。

フェリックスはその後、自らの魔力を惜しげもなくルシアンに輸力してくれた。

そのおかげでルシアンの魔力不足は解消され、容体は安定した。

そしてほどなくしてルシアンの意識が戻り、父と子が初対面をする。

◇◇◇◇◇

ルシアンは夢を見ていた。

辺りに何もない真っ白な空間にぽつんと一人で立っている夢だ。時々、突然ポンと、託児所のお友達が出てくる。

「るちあんくん、あちたもあしょぼーね」

ルシアンの一番仲良しのお友達、八百屋《やおや》のジェムくんがルシアンに言った。

「うん！　あちたもあしょぼーね」

ルシアンが返事をすると、ジェムくんの体がふいに浮いた。

「あ！　ぱぱだ！」

ジェムくんが〝ぱぱ〟と呼んだ大きな人がジェムくんを抱き上げたのだ。

「ぱぱ？　ぱぱってなあに？」

ルシアンが聞くと、ジェムくんは笑いながら言った。

「ぱぱはぱぱだよ、るちあんくんちらないの？」

「うん、ぼくちらない。ぱぱってなあに？」

答えを教えてほしかったのに、ジェムくんはふっと消えてしまった。そしてまた何もない真っ白な空間が広がる世界に取り残される。

なんだか寒かった。寂しくて、心細くて、ルシアンは悲しくなってきた。

「まま……どこ？」

ルシアンが母親を呼んでも、母の姿はどこにもない。そしてどんどん寒くなってくる。

手足や、体が冷たくなり、やがて身動きが出来なくなってルシアンはその場に蹲《うずくま》る。

「まま……ちゃむいよぅ」

その時、ルシアンの体を何かがふわっと掬《すく》い上げた。

それは大きくて温かくて、ルシアンの体をすっぽりと包み込んでくれる。

「あったかい……」

さっきまであんなに寒くて冷たくて不安だったのに、ポカポカと温かでとても安心出来た。

ルシアン……

誰かが自分の名を呼んでいる。母親の声ではない。

おじたんの声ともまた違う、低くて太くて優しい声。

ルシアンは温かい何かに包まれながら、その声がした方へ手を伸ばした。

◇◇◇◇◇

「ルシー！　目が覚めたのっ？」

突然、母の大きな声がして、ルシアンは驚いて目を開けた。

すると夢と同じように前へ伸ばした自分の手が見える。

その手の先には……見慣れない大人の男の人の顔があった。銀色の髪に赤い瞳。

よく鏡で見る自分のそれと同じものを持つ男の人が自分を抱いていた。

ルシアンはお目々をぱちくりさせて、その相手を見つめた。

「ルシー……！　良かった……！」

側で大好きな母が涙を浮かべてこちらを見ている。じゃあ自分を抱いているこの人は誰だろう。

「まま……だぁれ？」

ルシアンが問うと、その人は優しく微笑んで答えてくれた。

「キミの、パパだよ。ルシアン……よく頑張ったな」

「ぱ……ぱ？」

「そうだよ、キミのパパだ。キミは俺の大切な息子だ」

ぱぱ……ぱぱ、ジェムくんが言っていたぱぱだ。

「ぼくの……ぱぱ？」

ルシアンがそう呼ぶと、ぱぱと名乗ったその男の人が目にうっすら涙を浮かべながらくしゃくしゃな顔で笑ってくれた。

「そうだよ、ルシアン。キミのパパだっ……」

そう言ってルシアンをぎゅっと包み込むように抱きしめてくれた。さっき夢で見た温かな感覚と同じだった。

「ぱぱ」

ルシアンはもう一度そう呼び、小さな手でぎゅっとぱぱの服を掴んだ。

どこにも行ってしまわないように。いつまでも一緒にいてくれるように。

その光景を母は静かに涙を流しながら見つめていた。

◇◇◇◇◇

その後は安静にしているなら自宅療養しても良いと医療魔術師に言われたので、ハノンはフェリックスと共にルシアンを家に連れて帰った。

二人でちゃんと話をするようにと、ファビアンは騎士団の宿舎へ移っている。

ルシアンは家に〝ぱぱ〟が来たのが本当に嬉しいらしく、片時もフェリックスから離れない。そして自分の大切なクマたんの枕やパンツをフェリックスに自慢げに見せていた。

そのたびにフェリックスが嬉しそうに目を細めて、「凄いな」とか「ルシアンはクマが好きなんだな」とか、「……天使だ、俺の息子が天使だった……」とか呟いている。

そしてルシアンに「ぱぱ」と呼ばれるたびに感動に打ち震え、悦《えつ》に入《い》っていた。

夜、夕食を初めて三人で食べる。

侯爵家の令息に何を食べさせればいいの……？　とハノンは内心慄《おのの》いたが、きっとフェリックスなら何を出しても喜んでくれそうな気がして、それならばとルシアンの大好物のゴロゴロ野菜のグラタンにした。

じゃがいも、人参、ズッキーニ、玉ねぎ、ベーコンをルシアンの口に合わせて小さな賽《さい》の目状に切り、バターで炒める。全体的に油が回ったら小麦粉を入れて満遍《まんべん》なく混ぜてからミルクを投入。焦げ付かないように木ベラでよくかき混ぜながら塩胡椒《こしょう》、ナツメグで味を調える。とろみが付いたら予《あらかじ》め茹《ゆ》でておいたマカロニを入れて、あとは器に盛ってオーブンで焼くだけだ。

もちろん、オーブンに入れる前にチーズをすり下ろすのを忘れてはいけない。

サラダとパンを添えて、夕食の出来上がりだ。

ルシアンが一丁前にフェリックスに声をかける。

「ぱぱ、いただちましゅってしてね」

思わずハノンとフェリックスで顔を合わせて笑ってしまう。

「いただきます」

フェリックスが嬉しそうにルシアンに言った。

ルシアンは魔力が戻ればもうどこも辛くはないらしく、いつも通りパクパクと元気に食べている。

フェリックスもハノンが作った食事を信じられないくらい美味しいと大絶賛しながら食べてくれた。

ハノンは今この時を忘れないでおこうと、心に刻んだ。

その夜は早めにルシアンを寝かしつけて、その後にフェリックスとテーブルに向かい合って話をした。

お茶を淹《い》れてフェリックスに差し出す。

「ルシアンがあまりにも俺に似ていて驚いた。髪も目もワイズの血が恐ろしいくらいに受け継がれているな」

「ふふ、侯爵家の血は強いみたいね」

「でも優しくて可愛いところはキミにそっくりだ」

その言葉に恥ずかしくなって、ハノンは思わず俯《うつむ》いてしまう。

「ハノン」

名を呼ばれて顔を上げると、フェリックスが真剣な眼差しをハノンに向けていた。

「順番が変わってしまったが、キミに結婚を申し込むよ。どうか俺を、キミとルシアンの家族にしてくれないか」

嬉しい。彼がこんな言葉を自分にくれるなんて。やっぱり今でもフェリックスのことが好きだ。

許されるなら、出来ることならば、彼と共に生きていきたい。

……でも、ダメなのだ。

こんな醜《みにく》い自分ではダメなのだ。

せっかく父親に会えたルシアンには可哀想な思いをさせるが、いずれこの結婚を後悔した父親が出ていってしまうようなことになるよりはマシだろう。そうなった時の心の傷の方が深くなるはずだ。

「……その気持ちだけで充分幸せです。ありがとうございます。でもわたしは、貴方に相応《ふさわ》しくはありません。どうかわたし達のことは気にせず、きちんとしたご令嬢と縁を結ばれてください」

ハノンのその言葉に、フェリックスは静かに返した。

「……理由を聞いても？」

「わたしはいわゆる〝傷モノ〟です。魔障《ましょう》による醜《みにく》い傷痕を持つ身です。貴方のような素晴らしい方の妻となれる身ではないのです」

沈黙が二人を包む。

しかしフェリックスが次に発した言葉は意外なものだった。

「ん？　それが理由か？」

「え？　えぇ、そうですけど……」

「体に傷があるから結婚出来ないと？」

「えぇ……普通は〝傷モノ〟は嫌がられますからね」

「なぜ？」

「そりゃ……醜《みにく》いから……」

「あり得ない」

「え？」

「傷はどの部位にある？」

「……む、胸元ですが……」

「……ひょっとして傷痕は赤くなってるか？」

「は、はい……」

「赤い花はそれだったか……！」

「赤い花？」

フェリックスが何やら一人で得心《とくしん》して笑顔になる。

「ハノン、俺はあの夜、キミの胸元に赤い花が見えた。醜《みにく》いだなんてとんでもない。あの花の美しさを、俺は今も覚えている」

何気に凄い殺し文句を言われ、ハノンは狼狽《うろた》えつつも反論した。

「それは薬の効果でそう見えただけですっ！　暗がりだったしっ……きっともう一度見たら幻滅します……！」

そうだ。こんな醜《みにく》い傷が美しい訳がない。フェリックスの中で勝手に思い出補正されているだけだ。

ハノンはぎゅっと手を握りしめた。

フェリックスはハノンのその様子をじっと見つめ、そして告げた。

「じゃあ見せてくれ」

「……………………は？」

「そんなに言うならもう一度俺に見せてくれ。勝手にそうだと決めつけられて、拒まれるのは納得がいかない。キミが言うことが正しいのかきちんと判断させてくれ」

「…………………ええっ!?」

魔障《ましょう》の傷痕を気にしてフェリックスのプロポーズを断ったハノンに対し、フェリックスはその傷痕を確かめさせろと言う。

ハノンは顔を真っ赤に染め上げて抵抗した。

「な、な、なにをいきなりっ……！　嫌に決まってるじゃないですかっ」

「……不躾《ぶしつけ》なのはわかってる。でも一度は見ている傷痕を理由に断られても引き下がれない。この四年、ずっと捜し続けてきたんだ。そう簡単に諦められる訳がないし、諦めたくない」

「っ……！」

ハノンはぎゅっと服の胸元を握りしめた。

「ハノン、頼む。俺はキミの心が欲しいんだ。傷があろうとなかろうとキミを求める気持ちは変わらない」

「……どうしてそこまでわたしを？　たった一度、夜を共にしただけなのに」

「じゃあキミはどうしてだ？　たった一度命を救っただけの俺を、どうして好いてくれたんだ？」

「それはっ……」

ハノンは言葉を返せなかった。その感情は理屈ではない、そう自分でも理解出来るから。

「ハノン」

フェリックスがハノンに近づく。

怖い。この傷を見て、彼の表情が変わるのが怖い。

今は優しい眼差しが醜《みにく》いものを見て、哀れみや忌諱《きき》の目に変わってしまうのが怖いのだ。

でも、そうでもしなければフェリックスが納得しないというのであれば仕方ない。

傷を見てハノンのことを女と思えなくなったとしても、彼はルシアンにとっては良き父親でいてくれるだろう。

たとえ遠く離れて暮らしたとしても。

ハノンは震える指先でブラウスのボタンを外し始めた。

ハノンはブラウスを片側だけずり下げ、肌着も胸元ギリギリ、傷が見える程度に下ろした。

フェリックスの視線を感じる。ハノンはいた堪《たま》れなさに思わず目をぎゅっと瞑った。

人の視線を肌に感じるなんて初めての感覚だった。見つめられている胸元が熱いような冷たいような。

彼は今、どんな顔をしているのだろう。ショックを受けているのだろうか。

ハノンが恐る恐る目を開けて確かめようと思ったその瞬間、胸元の傷にそっと口付けられたのがわかった。

「……！」

驚いて上半身を仰反《のけぞ》らせたハノンだが、逃がさないと言わんばかりに腰に手を回され、何度も傷痕に口付けをされる。

「フェ……フェリックス様っ……」

耐えられずハノンが名を呼ぶと、フェリックスは変わらぬ優しい眼差しで見つめてくれた。

「やっぱりこの上なく美しい赤い花だった」

「それは本心で言われているのですか……？」

フェリックスの腕の中でハノンが問う。

「当たり前だ。世界に一つだけの赤い花、俺だけの花だ」

そう言ってフェリックスはまたハノンの胸の傷痕に口付けを落とした。

ハノンの微《かす》かな震えに気付いたのだろう、フェリックスが顔を上げるとそこには静かに涙を流すハノンの姿があった。

「ハノン……」

「うっ……ふっ……フェリックス様……」

知らず互いの唇が重なっていた。

あの夜以来の口付けに夢中になる。

自分がどれだけ相手を望んでいたか、身に染みてわかった。

気付けば吐息と共に気持ちが零《こぼ》れていた。

「好き……大好き……」

言葉にしてしまうともうダメだ。

とてもじゃないけど離れられない。どうして四年も離れていられたのか信じられないくらい、彼のことを好きな気持ちが溢《あふ》れてくる。

「俺もだ。ハノンしか見えない。他の女なんて考えられない」

「フェリックス様っ……」

その後は、あの日を辿る夜だった。


朝まで、何度も互いに求め合った。

明け方、まだ仄暗《ほのぐら》い部屋の中で熱を孕《はら》んだままの肌を寄せ合いながらフェリックスが今までのことを話してくれた。

あの媚薬と催淫剤を盛ったのはそれぞれの元婚約者候補達だったこと。

父親である侯爵の許しを得て、ハノンを捜し続けていたこと。

期日が迫って焦るあまりに藁《わら》にも縋《すが》る気持ちで占い師を頼り、ハイレンに導かれたこと。

「その占い師さん、凄いですね。本当に当ててしまうんだもの」

「普段はハイラムで暮らしているらしい。気が向いたらフラリと他国に出て、物見遊山《ものみゆさん》のついでに占いをしていると言っていたな」

「一度見てもらいたいかも。どんな占いをするんですか？」

「よくわからないが、精霊占術とか言ってたな……精霊の声に耳を傾けて占うそうだ」

「精霊の占い……なんだか神秘的だわ」

「そうだな」

それからハノンも今までのことを色々とフェリックスに話して聞かせた。

魔法薬剤師を志《こころざ》した経緯や、父の遺した借金のせいで働くことを余儀なくされたこと。

ルシアンを身籠《みごも》ったと知った時、嬉しくて幸せな気持ちになったこと。

出産は驚くほど安産で、産後の肥立《ひだ》ちも順調だったこと。

ルシアンは首が据《す》わるのも、寝返りも、お座りも掴まり立ちも伝い歩きも、成長のすべてが早かったのになぜかお喋りだけが遅かったこと。

これといって大きな怪我や病気もなく、すくすくと成長してくれたことなど、フェリックスが知らない四年間を順を追って話した。

「そうか……どのルシアンも可愛かったんだろうな」

「これからは……一緒に見られますよ」

「ハノン、それは……」

ハノンは少し照れながらフェリックスに告げた。

「貴方のプロポーズをお受けします。どうかわたしを貴方の妻にしてください」

そう言うや否《いな》や、ハノンはフェリックスに強く抱きしめられた。

「ハノンっ……好きだ、愛してるっ……」

力強く、でも優しく。包み込まれるように抱きしめられ、ハノンは心から安らぎを得ていた。

自分がしっかりせねば、強くならなければ、ルシアンを一人でもちゃんと守らねば。

そう思って、向かい風に負けないために踏ん張るように力を入れて生きてきた。

でもこれからはその向かい風を一緒に受け止めてルシアンを守ってくれる彼がいる。

ハノンは心地良い安心感に包まれながら、目を閉じた。

◇◇◇◇◇

それからのフェリックスの行動は早かった。

クリフォードの視察終了と共にハノンとルシアンを王都へ連れて帰れるように、様々な手続きや家捜し、そして生家の侯爵家への連絡と多忙を極めた。

その間、ハノンは職場である騎士団の医務室に退職届を提出し、後任の薬剤師への引き継ぎなどを行うこととなった。

メロディはハノンとルシアンの幸せを喜びつつも大いに嘆いた。

「ハノン〜〜！　本当に王都に行っちゃうの〜〜寂しいワ〜〜!!」

夕方、終業後に共に帰宅する途中でメロディがハノンに泣きついてきた。

「うん……彼は近衛《このえ》騎士だから王城勤めだもの……わたしが仕事を辞めて付いていくことにしたの」

「悲しいワ〜〜！　アンタとルッシーとお別れだなんて……！　フェリックス＝ワイズ、騎士団敷地内に埋《うず》めてやろうかしらっ」

ハンカチを噛みながら嘆くメロディに近所の子ども達が声をかけてくる。

「あ！　ゲロディだっ！　ゲロディまた遊んでね〜！」

「メロディだって言ってんだろがっ！　このクソガキどもがぁっ!!」

「わーーっ!!」

「キャーー!!」

一瞬で男に戻った野太い声で近所の子ども達を一喝し、追いかける。

メロディは子ども達に大人気なのだ。彼女自身も子ども好きだとよく言っている。

「ふふ」

子ども達と追いかけっこを少しだけしてやって、メロディがハノンの元へ戻ってきた。

「おマタ。いやだ、ハノンたら股間のことじゃないわヨっ！　お待たせって意味ヨ！　アハハッ!!」

「ぷっ……ハイハイ、エロディさん帰りますよ」

「うぅんもう！　エロディじゃないわヨ☆　アタシ決めたワ、ハノン！」

「何を決めたの？」

「アタシもいつか王都へ行くから！」

「ええっ？」

「ダーリンと一緒に王都に移住する！　だから待っててネ、ハノン♪」

自分を追っての移住宣言に驚きつつも、ハノンはこの懐《ふところ》が深く情に厚い大好きな友人とこれからも付き合っていけることを素直に喜んだ。

「うん、待ってる。ルシアンがある程度大きくなったらもう一度薬剤師の仕事を始めるつもりだから、その時はまた一緒に働きましょう」

「え？　次男とはいえ侯爵家の嫁が仕事してもいいって？」

「魔法薬剤師は貴重な人材だし、わたしがイキイキと働いている姿が好きだから構わないってフェリックス様が言ってくれたの」

「アラやだ、イイコト言うじゃないアンタの旦那！　見直したワ、生き埋《う》めは勘弁しといてあげル」

「ふふ、もうメロディったら」

少し前まではこんなにも人生が一変するとは想像もつかなかった。

母子ふたりだけの生活に幕を閉じる日が来て、しかも初恋の相手でルシアンの実の父親であるフェリックスと結ばれる日が来るなんて想像すら出来なかった。いや、本当は夢見ていたのだ。彼と家族となり、共に息子の成長を見守っていけることを。

その夢が叶う。ハノンはこの幸せを守りたい、心からそう思ったのであった。


そして訪れた、ハノンとルシアンがフェリックスと共に王都へ旅立つ日。

四年にわたりハノンとルシアンを支え続けてくれたメロディとの別れの時を迎えた。

「や！　めろりぃたんもいっしょ、いちゅの！」

「ル……ルッジィイィッ……!!」

「めろりぃたん！」

ひしと互いを抱きしめ合うメロディとルシアン。

見送りに来てくれたメロディとはここで一旦お別れと知り、メロディを第二の母と慕《した》うルシアンが離れたくないと泣き出したのだ。

ルシアンよりもメロディの方が怒涛《どとう》の涙を流し続けているが。

「ルッシーッ……アタシも絶っっ対、後から追いかけるからネッ！　それまでイイコにしててネッ！　愛してるワ、マイスウィートボーイッ……♡」

そう言ってメロディは抱きしめていたルシアンをそのまま抱き上げ、フェリックスに渡す。

そして慈《いつく》しみに満ちた、愛情深い眼差しをルシアンに向けた。

「パパと暮らせるようになって良かったわネ。ウンと可愛がってもらいなさい、ルッシー」

「めろりぃたん……！」

フェリックスに抱き直されるも、ルシアンはメロディに手を伸ばす。

その姿を見てメロディはさらに涙腺を崩壊させた。

「ふぐっ……！」

そんなメロディにフェリックスは言う。

「メロディさん。貴女にはこの先一生をかけても返しきれないほどの大恩を感じています。今までハノンとルシアンを支えてくださり、本当に感謝しています。ありがとうございました」

「ッ……ハノンもルッシーもアタシの大切なダチだものっ。当たり前のことをしただけで感謝なんかしてもらわなくて結構ヨっ……その代わり、絶対に二人を幸せにしてちょうだいっ！　不幸になんかしたら、許さないんだからっ！」

「わかっています。ハノンとルシアンを守り、大切にし、必ず幸せにしてみせます」

「なにヨっ！　イケメンが言うとそれだけで胡散《うさん》くさいわネっ！　だけどハノンを捜し続けたことに免じて信じてあげるワっ！　頼んだわよっ！」

「はい。お約束します」

フェリックスが力強く頷いたのを見て、メロディも満足そうに大きく頷き返した。

フェリックスはハノンに声をかける。

「ハノン、じゃあそろそろ行こうか……ハノン？」

しかし隣にいたはずのハノンの姿がそこにない。

背後に気配を感じ慌てて振り返ると、背を向けて咽《むせ》び泣くハノンがいた。

「うっ……うっ……ふっ……うぅ……」

小さく嗚咽《おえつ》を漏《も》らしながらハノンは顔に手を当てて泣いている。

「ハノン……」

「ヤダあんた、何泣いてンのヨっ！　イイ年こいてっ……！」

そう言うメロディも号泣中である。ハノンも泣きつつ反論する。

「イイ年こいてって何よっ……言っときますけどねっ……ルシーを除いたら、この中ではわたしが最年少なんだからっ…………」

「ハイハイ、ホントに気が強いんだからっ……王都に行っても大丈夫そうネっ、まぁせいぜい幸せになりなさいっ……！」

「っ〜〜メロディ！」

「ハノンッ!!」

そう言って二人、泣きながら抱きしめ合った。

「メロディっ……今まで本当にありがとうっ……貴女がいなかったらルシアンは無事に生まれなかったかもしれないし、こんなにも良い子で元気に育てられなかったと思うっ……それにメロディがいてくれたから寂しさを感じずにいられたの。本当に、本当にありがとうっ！」

「ヤダ何よモウっ！　今生《こんじょう》の別れみたいに言わないでヨ！　アタシも絶対後からダーリンと一緒に王都に移住するからっ、首ネック洗って待ってなさいヨっ！」

「ぷっ、ふふ…それを言うなら首根っこでしょう？　……うん待ってる、待ってるからメロディっ……」

「めろりぃたん……」

しばしの別れとわかっていても、すぐにメロディに会えない距離はとても辛かった。

そのくらい母子にとって、この第二のお母ちゃんの存在は大きいのだ。

必ずまた会える。そう信じて今は別れるほかないと理解していても、どうしても辛く離れがたかった。

そして、もうこれ以上泣くと三人とも脱水症状を引き起こすと思ったフェリックスがハノンとルシアンを馬車に乗せた。

これから西方騎士団の転移スポットを用いて王都にへ向かうのだ。

ハノンは馬車から顔を出し、ハンカチをぶぉんぶぉん振って見送ってくれるメロディに手を振り返し叫んだ。

「ありがとう！　メロディ！　本当にありがとう!!　絶対にまた会いましょうねっ!!」

「あったり前でしょっ!!　だからそれまで元気でいなさいよねっ!!」

メロディも大声でそう返してくれた。

ハノンはメロディの姿が見えなくなるまで手を振り続けた。

こうしてハノンとルシアンはフェリックスに連れられ、地方都市ハイレンを後にした。

そしてハノンにとっては数年ぶり、ルシアンにとっては人生初の王都での暮らしが始まろうとしていた。

「ぱぱ！　あれ！　おっちぃ！」

馬車の窓にほっぺをむぎゅっとくっつけてルシアンが言った。

「ああ、アレは王宮だよ」

「おきゅう？」

「王様と王子様（笑）が住んでいるお家だ」

「おーしゃま！　おーじしゃま！　しゅごい！」

絵本に出てきたような王様と王子様を想像しているのかルシアンは大興奮で喜んだ。

その様子を見てフェリックスは小さく嘆息する。

それに気付いたハノンがフェリックスに訊ねた。

「どうしたの？」

「既にハノンとルシーを見せろと陛下がうるさくてな。落ち着くまでは嫌だと言っているが、そのうち駄々《だだ》をこね出すだろう……」

「え？　嫌って言ったの？　こ、国王陛下に？　それに駄々《だだ》をこねるって……」

フランクというには無遠慮なもの言いにハノンは驚く。

「小さい頃から可愛がってもらっているからな、ついプライベートではこんな感じになってしまう」

「そう……」

恐るべし名門侯爵家。子爵家風情《ふぜい》では到底あり得ない君主との距離感にハノンは内心舌を巻く。

自分が侯爵家の令息に嫁《とつ》ぐことになっただけでも天と地がひっくり返るほどの驚きなのに。

王都での貴族然とした暮らしに今さら馴染《なじ》めるか、いや、それ以前に領民とさほど変わらない生活をしていた自分を……庶民すぎてフェリックスが驚くのではないかとハノンは少し不安になった。

ハイレンで息子と二人、小さなアパートで慎《つつ》ましやかに暮らす。

あの生活が自分にはとても合っていたから。

(もう料理は出来ないのかしら。お菓子作りくらいなら、貴婦人もキッチンに立つわよね？　でもわたし、お掃除も好きなのよね……乾いた雑巾《ぞうきん》でピカピカに磨き上げるあの作業、無心になれてストレス発散にもなるし。洗濯物がお日様の下で風を受けてはためく様《さま》を見るのも好きなのよ……)

「着いたよ」

馬車が停まりフェリックスがそう告げて、ハノンはハッと思考の旅から連れ戻された。

フェリックスが先に馬車を降りた。

そしてハノンをエスコートして降ろし、ルシアンを抱っこで降ろす。

親子三人で住むためにフェリックスが購入したという家を見て、ハノンは驚いた。

どんなお屋敷に……と戦々恐々としていたが、連れてこられたのは少し裕福な庶民が住む程度の一軒家であった。

「ここ……？」

ハノンは家を見回しながら呟くようにフェリックスに訊ねた。

「そうだよ。ルシー、お家《うち》に入ってもいいぞ」

「うん！　わーい！」

ルシアンは嬉しそうに駆け出して、馭者《ぎょしゃ》が開けてくれている玄関ドアから家の中に入っていく。

ルシアンのその様子と家を眺めているハノンを、フェリックスはふいに横抱きにした。

「きゃっ、フェリックスっ？」

突然抱き上げられ、ハノンは目を丸くしてフェリックスを見る。

「新婚の夫婦が最初に新居に足を踏み入れる時、夫が妻を抱き上げて家に入ると幸せな家庭になるそうだよ」

「そ、そうなの？」

恥ずかしさで頬を染めるハノンを眩しそうに見つめ、フェリックスは家の中へと入っていった。

「っ……まぁ……！」

ハノンは思わず感嘆の声を上げた。

外観だけでなく室内もハノンが思い描いていたような理想の家だったからだ。

華美な装飾が一切ないシンプルな内装。

二階へ繋がる階段や手摺《てす》り、腰壁や窓枠に使われている木は長年磨き込まれた艶《つや》と深い色合いを醸《かも》し出している。

壁もただの白壁と思いきや、白地の壁紙に同じく白の小花柄が透かしのように入っていた。

「素敵……」

「壁紙は新しくしたんだ。あと水回りも古かったから新しくしている。ハノンの好きなキッチンはこっちだよ」

「え？」

フェリックスはハノンを抱き上げたまま移動した。

思えば玄関を入ってからずっと横抱きにされ続けているのだが、今のハノンはそのことに気付かない。

ダイニングと続きになっているキッチンには既にルシアンが来ていた。

「まま、ぱぱにだっこ？　しゅき？」

「え？　あ、も、もう下ろしてフェリックス……！」

「残念だ。ずっと抱いたままでいたかったのに」

「もう！　そんなことをしたら明日、剣を振れない腕になってしまうわよ」

「ならないよ。ハノンは羽のように軽いから」

「そんな訳ないじゃないっ」

ハノンは気恥ずかしくてぷいっとそっぽを向いた。

「ぱぱ！　ぼくもだっこ！」

代わりにルシアンが父親に抱きついた。フェリックスが嬉しそうに息子を抱き上げる。

「ほらハノン、キッチンを見てごらん」

恥ずかしさを誤魔化すためにツンとするハノンにフェリックスは言った。

「わ……」

そこにもハノン好みのキッチンが設《しつら》えてあった。

流し台の前には窓があり、日中は手元を明るく照らしてくれそうだ。

その窓辺には小さなインテリアスペースもある。ハーブの鉢植えや可愛い小物を置くのに良さそうだ。

使い勝手の良さそうなオーブンや薪《たきぎ》の代わりに魔石で熱を起こすストーブ。

そして大きな食器棚の奥にはパントリーもある。保冷庫もあり傷みやすい食材の保存にも重宝しそうだ。

料理好きのハノンを唸《うな》らせる、理想的なキッチンがそこにあった。

キッチンを見て、ハノンは気にかかっていたことを夫に訊いてみた。

「フェリックス……わたし、料理をしてもいいの？　わたしは嬉しいけれど、こんな庶民のような暮らしをして、その……いずれ伯爵位を譲られる貴方の評判が落ちたりしないかしら……？」

ハノンの言葉にフェリックスは笑った。

「妻が料理や家事をしたくらいで貶《おとし》められるくらいの権威ならそんなものはいらないさ。ハノンにはこれまでと同じように、自分らしくのびのびと暮らしてほしい。本当はメイドを雇って楽をしてもらいたいけど、それは嫌なんだろ？」

「そうね……ルーセル子爵家は使用人に暇《いとま》を出してしまっていたし、ルシアンとの二人暮らしも長かったから、今さら人に傅《かしず》かれては暮らせないわ」

「実は義兄《にい》さんとメロディさんに聞いて、そうじゃないかと思っていたんだ。だからあえて邸《やしき》ではなくこの小さな家を選んだ。イヤか？」

「イヤな訳ないじゃない！　最高の家よ、ありがとうフェリックス」

ルシアンを抱いているフェリックスにハノンは抱きついた。

バックヤードには洗濯場。小さな庭に、ルシアンが遊べるブランコもある。

一階はダイニングとキッチンと応接間とトイレ。

二階には主寝室と子ども部屋と客間。そしてバスルームと二つ目のトイレがあった。

既に置いてある調度品も内装もハノンの好みドンピシャであった。

これもメロディに聞いて用意したのだとフェリックスは言った。

隅から隅までハノンの理想とする家がここにある。

あの短期間でよくここまで……

きっと必死に動いてくれたであろうフェリックスに、ハノンは心から感謝した。

そして貴族らしくない自分をそのまま受け入れてくれることにも。

「ままー！　ぼくのおへやー！　くましゃんいっぱいー！」

ルシアンも新しい家に大満足の様子である。

他とはちょっと違うハノン達家族。

そんなハノン達をすっぽりと包んで愛を育《はぐく》んでくれる、そんな素敵な家での新しい生活の始まりであった。

しかしその前に、ハノンには最大の難関というか登竜門というか、避けては通れない重大な案件が控えている。

フェリックスの生家、ワイズ侯爵家の人々へのご挨拶、初顔合わせである。

フェリックスの両親に孫であるルシアンを見せに、初めて侯爵家を訪れるのだ。

フェリックスの父である侯爵はこの結婚を認めてくれていると言うが……

下位貴族、しかも没落子爵家の娘であるハノンを本当は快《こころよ》く思っていないのではないか……

ハノンは心配でならなかった。

(ええい！　くよくよしたって始まらないわ！　女は度胸、当たって砕けろよ！)

ハノンは義両親への挨拶というよりも、戦場へ出陣する気構えだった。

いざっ！　ワイズ侯爵家へ!!

◇◇◇◇◇

その日、ワイズ侯爵家には徒《ただ》ならぬ緊張感が漂《ただよ》っていた。

次男のフェリックスが四年も捜し求めた意中の女性を連れてくるというのだ。

しかも既に孫が生まれていたというではないか。フェリックスの話ではワイズ侯爵家の血を濃く受け継いだ可愛い男の子らしい。

しかしワイズ家一同に緊張感を与えているのはそのことではない。

聞けばフェリックスが連れてくる娘は、あのファビアン＝ルーセル子爵の令妹だというではないかっ!!

武門の家柄であるワイズ侯爵家。次期侯爵である長男は王宮騎士団の総団長。

フェリックスの叔父にあたる、現侯爵の弟は東方騎士団の団長を務めている。

その弟は北方騎士団の団長と旧知の仲で、ことあるごとにとある男の話を聞かされるという。

北の国境を守る最強のゴリラ、北方騎士団にファビアン＝ルーセル在《あ》り!! と……

彼が北の国境警備に当たるようになってからは、今までたびたび起こっていた、隣国の国境付近への干渉がなくなったという。

今までは隣国が嫌がらせのように国境付近に兵を配備し、挑発を繰り返してきたらしい。

それをファビアン＝ルーセル率《ひき》いる見回り班のたった一班、計十数名でこれを蹴散らし、完膚《かんぷ》なきまでに叩きのめしたというのだ。

その後も腹いせに何度か国境付近に現れては余計な挑発をしていた隣国の国境警備員もいたが、そのたびに、けっちょんけちょんにファビアン＝ルーセルに打ち負かされ、近頃はめっきり大人しくなったという。

それどころか国境線上にバナナなどの差し入れがされているほど、今や隣国にまでその勇名を轟《とどろ》かせているのがファビアン＝ルーセルという男なのだそうだ。

その男の妹だというのだから、いったいどんな厳《いか》つい娘が来ることか。

いや、可愛い息子が愛する女性だ。

それに四年前にフェリックスの命を救ってくれた上に、恩着せがましくすることもせずに一人で子どもを産み育て、懸命に生きてきた人なのだ。

たとえゴリラのような容姿であったとしても侯爵家の一員として温かく迎え入れる所存！

と、皆で息巻いていたのだが……

「父上、母上、こちらが俺の妻になるハノンです」

フェリックスから紹介を受け、ハノンは数年ぶりのカーテシーを披露《ひろう》した。

「お初にお目にかかります。ハノンと申します。不束者《ふつつかもの》ではありますが、どうぞよろしくお願いいたします」

「「「…………………」」」

ハノンの姿を見て、フェリックスの父や母、そして兄は言葉なく固まっていた。

「……父上？　どうかされましたか？」

目を大きく見開いてハノンを凝視する父に、フェリックスは問いかけた。

その声にハッとしたワイズ侯爵がハノンに言った。

「……失礼した。フェリックスの父、アルドン＝ワイズだ。…………一つ、質問しても良いかな？」

突然のその言葉に、ハノンは内心「何を聞かれるだろう」と冷や汗をかいたが、その内容は意外なものであった。

「キミの……兄上は北方騎士団所属の騎士だと聞いたのだが、間違いないのかな？」

「は、はい。四年前より北の地にて国境を守るお役目をいただいております」

「名は確か……」

「ファビアン＝ルーセルにございます」

「……ホントに？」

「？　はい」

「ホントにファビアン＝ルーセルの妹？」

「はい、そうですが……？」

「似てない、な？」

「ええ、わたくしは祖母に似ているそうですから……あの……それが何か……？」

なぜそんなに兄に拘《こだわ》るのか、全く訳がわからないハノンが不思議な顔をして他の家族を見ると、皆一様に安堵の表情でハノンのことを見ていた。

フェリックスの父アルドンは、（ゴリラな嫁でなくて良かった～～それどころかなかなかの美人じゃないか、俺の息子よ、さすがだな！）と心の中で喜びのドラミングをしていた。

きっと他の面々の胸の内も似たようなものだろう。

アルドンは満面の笑みを浮かべてハノンに言った。

「ようこそ。ワイズ侯爵家へ。キミを家族の一員として大いに歓迎するよ」

なんだかよくわからないが、受け入れてもらえるようだ。ハノンは安堵しながら礼を述べた。

「ありがとうございます。優しいお言葉に感謝いたします」

アルドンがフェリックスの肩に手をかける。

「素敵な女性じゃないか。お前が諦められずに執着《しゅうちゃく》する訳だ」

「……なんだろう。よくわからないが、もの凄く調子のいいことを言っている気がするんだけど……」

「ははははは！　気にするなっ！」

なんだか想像していた厳格なイメージとはほど遠い気さくな人柄にハノンは胸を撫で下ろした。

その時、ハノンのスカートの後ろ側がもそっと動いた。

「やや？」

アルドンが気付いて視線を向ける。

ハノンは恥ずかしそうに後ろに隠れてしまったルシアンをそっと前に導いた。

「ルシアン、さあご挨拶をしましょうね。おじい様とおばあ様よ」

それでもモジモジと恥ずかしがるルシアンをフェリックスが抱き上げた。

「父上、母上。息子のルシアンです」

「まぁ！　まぁまぁまぁまぁ！」

ワイズ侯爵家特有の銀色の髪と赤い瞳を持つルシアンの姿を見て、フェリックスの母、ワイズ侯爵夫人アメリアがルシアンの側に歩み寄った。

ハノンがルシアンに声をかける。

「ルシアン、ご挨拶は？」

ルシアンはフェリックスの服をぎゅっと掴み、はにかみながら言った。

「る、るちあんでしゅ……」

その瞬間、ワイズ侯爵家に雷が落ちた。

いや実際には雷なんか落ちていないのだが、その場にいた全員に雷に打たれたような衝撃が走り、そのような感覚に陥《おちい》ったのだ。

とにかくワイズ侯爵家が震撼《しんかん》した。

「て、て、天使だ……」

「な、な、なんて愛くるしいのっ!!」

「る、るちあんでしゅ……だ……と？」

第一次ルシアンインパクトに混乱する家族をよそに、フェリックスはルシアンにそっと囁《ささや》いた。

「ルシアン、おじい様とおばあ様を呼んでやってくれ」

「おじぃたま？　おばぁたま？」

「!?」

小さなお口から紡《つむ》がれた固有名称を聞き、アルドンとアメリアはその場に崩れ落ちた。

「お、お義父様っ!?　お義母様っ!?」

それを見てハノンが慌てて駆け寄る。

脈拍を測ると、とんでもなく心拍数が上がっているのがわかった。

二人とも高血圧だというので、すぐに安静にするべく寝室へとドナドナされていく。

「だ、大丈夫かしら……」

ハノンが心配そうに見送ると、ルシアンがきょとんとした顔をして訊ねてきた。

「おじいたま、おばあたま、どうちたの？」

それを聞きフェリックスの兄、ヴィクトルが膝を突いてルシアンに言った。

「他の孫はみんな大きくなって、久しぶりに小さくて可愛いルシアン君とお話が出来て嬉しすぎたんだよ。少し寝ていれば大丈夫だ」

「げんき、なる？」

「なるよ。きっともうすぐに。ルシアン君が来ているのに寝ていられないと起き出すさ」

そう言ってルシアンの頭を優しく撫でてくれた。

次期侯爵であるヴィクトルと弟のフェリックスは十一歳も年が離れている。彼はもちろん既に結婚をしていて、十三歳になる双子の男の子の父親だ。ヴィクトルはハノンにも話しかけた。

「やあハノンさん。兄のヴィクトルだ。まずは貴女に礼を言わせてほしい。四年前、弟を救ってくれて本当にありがとう。こいつが今こうして生きて、こんなに可愛い息子を持つ父親になれたのもすべてキミのおかげだよ。本当に、本当にありがとう」

そうしてハノンの手をすくい取り、指先にキスをした。

「そんな……わたくしの方が先に命を救われているのです。お礼を申し上げるのはこちらの方です」

指先に口付けを落とされるのは久しぶりで、ハノンが少し照れながら言うと、その手をフェリックスが横からすくい返した。

「兄さん、いつまで手を握ってるんだよ」

その様子を見てヴィクトルが笑う。

「なんだヤキモチか？　随分余裕がないじゃないか」

「うるさい、ほっといてくれ」

不貞腐《ふてくさ》れて言うフェリックスの様子はいつもの貴公子然としている彼ではなく、弟として肩の力が抜けていた。それがなんだか可愛くて、ハノンは思わず微笑んだ。


その後、復活を遂《と》げた侯爵夫妻と兄夫婦や子ども達と共に、賑やかな食事会が始まった。

アルドンはルシアンを膝の上に乗せたまま片時も離さず、目尻が下がりまくりの好好爺《こうこうや》と化した。

それにしても……

（ワイズ侯爵家の男性はみんな銀髪に赤い瞳だわ）

大きいのから小さいのまで、皆同じ髪色と瞳の色である。

恐るべしワイズ侯爵家の血よ。

その中ですっかり馴染《なじ》んで楽しそうにしているルシアンを見て、ほっと胸を撫で下ろすハノンであった。

◇◇◇◇◇

「ままー、ぱぱおちないよぅ」

朝、食事の支度をしているハノンにルシアンが言ってきた。パパを起こすのがルシアンのお仕事になっている。

「まぁ、それは困ったわね。ルシアン、頑張ってもう一度起こしてくれる？」

「うん！」

元気いっぱいに返事をして、ルシアンは寝室へと戻っていった。

ハノンにはわかった。フェリックスは多分起きている。

でもルシアンが一生懸命起こしてくれる姿が堪《たま》らなく可愛くて、寝たふりをしているのだ。何度も起こしてもらいたくて。

「ぱぱ、おちて」

「……」

「おちてよぅ」

「……」

「おねちょ、ちたの？」

「ぷっ……」

「ぱぱおちた！」

ルシアンが喜んでフェリックスの上に乗ってきた。

フェリックスは胸の上で見下ろしてくるルシアンに答える。

「おはようルシー」

「ぱぱ、おねぼーしゃん」

「なんだと？　そんなこと言うヤツはこうだ！」

そう言ってフェリックスはルシアンを無理やり布団の中に引き摺《ず》り込んだ。

「きゃーーっ」

寝室から聞こえてくる楽しそうな親子の笑い声にハノンは思わず微笑む。

ひとしきりベッドの上で遊んだ後、二人で顔を洗ってから下りてきた。

「おはよう。朝ごはん、出来てるわよ」

「おはようハノン、いつもありがとう」

今朝のメニューはベーコンエッグと甘くないフレンチトーストにした。

ベーコンを焼いた油で卵と卵液に浸《ひた》したパンを一緒に焼く。ルシアンには食べる時にフレンチトーストにメープルシロップをたっぷりかけてやるのだ。フェリックスは朝からモリモリ食べるので作り甲斐《がい》があった。

朝食を済ませ、支度をして城に出仕するフェリックスを見送る。

「ぱぱ、ばいばい」

少し寂しそうにするルシアンの頭にフェリックスが大きな手をポンと置いた。

「なるべく早く帰るからな」

「うん！」

「いってらっしゃい」

ハノンが声をかけるとフェリックスが頬にキスをしてきた。

「いってきます」

そう言って家を出ていくフェリックスを見送った後、ルシアンがハノンの顔を見て言った。

「ママ、おかおあかい」

「そ、そう？」

フェリックスはとにかくよくキスをしてくる。

ルシアンだけにではなくハノンにも。そのたびにハノンは嬉しいやら恥ずかしいやらで頬を染めてしまうのだ。

（な、慣れる日がくるのかしら……）

そう思いながら、ハノンは家事の続きをするべく家に入った。


そんな穏やかな日々が続く中、とある珍騒動が起きる。

昼食後にルシアンを昼寝させている時に訪《おとな》いを告げるチャイムが鳴った。

「はい、どちら様ですか？」

ハノンがドア越しに応じる。

「私です、アリアです」

「アリア様？」

ハノンが慌ててドアを開けると、そこにはフェリックスの妹のアリアがいた。

十九歳のアリアは、既に伯爵家の嫡男に嫁《とつ》いでいる立派な伯爵夫人である。

フェリックスに占い師を紹介したのも彼女であり、義父に似て気さくで明るい性格の義妹がハノンは好きだった。

「先触れもなく突然にごめんなさい、お義姉様《ねえさま》」

「構わないわ。でも珍しいわね、何か大変なことでもあったの？」

ハノンが聞くと、アリアはため息を吐きながら「それが……」と言って隣を見た。

ハノンがアリアの視線を追って目をやると、そこには一人の娘が立っていた。勝ち気そうな大きなアーモンドアイが睨むようにハノンに向けられている。

アリアが頭に手を当てつつ説明してくれた。

「こちらはアンドリュー伯爵令嬢のユフィ、私の従姉妹《いとこ》です。彼女がどうしてもお義姉様に会いたいと聞かなくて……無礼を承知で連れてきてしまいましたの。でも、サクッと終わらせますわ」

アリアの従姉妹《いとこ》ということはフェリックスの従姉妹《いとこ》ということでもある。

それにしてもサクッと終わらせるとは……何事だろう。

ハノンはとりあえず二人を客間に通した。

お茶と、先ほど焼き上がったクッキーを出す。二人が並んで座るソファーの向かいの椅子にハノンが座ると、ユフィが居丈高《いたけだか》に言ってきた。

「ご自分で図々しいとは思われませんの？」

「はい？」

「四年も経っていきなりフェリックスお兄様の前に現れて妻の座に収まるなんて、恥ずかしいと思わないのかと言っているんです！」

「えっと……？」

いったいなんの話なのかわからないハノンに、アリアが説明してくれた。

「ごめんなさいね。この子ったら昔からフェリックスお兄様に夢中で。お兄様が期限までにお義姉様を見つけられなかった時は自分をお嫁さんにしてもらうつもりだったのよ」

「あぁ……」

なるほど。それなのにハノンが見つかって、あっという間に一緒に暮らし始めたものだからそれが気に入らないという訳か。

それにしても図々しいとは言ってくれるではないか。ハノンはこういう手合いには速攻で畳みかけることにしている。

「ごめんなさいね、わたしもまさか捜し出されるとは思ってもみなかったの。図々しいと言われても、わたしを妻にと望んだのはフェリックス様ですもの、仰《おっしゃ》りたいことがあるなら彼に直接どうぞ？」

「っな……！」

「ぷっ」

アリアは噴き出し、ユフィは真っ赤な顔で怒りを露《あら》わにした。

「フェリックスお兄様は騙《だま》されているのよっ！　お兄様の子どもを産んだなんて嘘をついて取り

入ったんだわ！　どうせ別の男の人との間に出来た子どもをお兄様の子どもだって言い張ってるんでしょ！」

ああ、それでか。ハノンは合点《がてん》がいった。

アリアほど常識的な人物がなぜいきなりこんな無礼な訪問をしたのだろうと不思議に思っていたが、先ほど「サクッと終わらせる」といった発言にもあったように、百聞は一見にしかずという形を取った訳だ。

いつまでもユフィに好き勝手に言わせて変な噂《うわさ》が立つ前に、その目でわからせて黙らせようということか。

その時、眠い目を擦りながらルシアンが起きてきた。

「まま……」

ナイスタイミング、ルシー！　ハノンは心の中でガッツポーズをした。

「ごめんねルシー、うるさくて起こしちゃったわね」

そう言いながらルシアンを抱き上げ、アリア達の元へと戻った。

「ルシー、アリアおばちゃまがいらしているのよ」

「おばたま！」

ルシアンもアリアのことは大好きなのだ。

「ルシー！　いやんもう！　相変わらず天使ね！　食べちゃいたいくらいに可愛いわ！」

メロメロな表情で喜ぶアリアの隣で、さっきまで威勢《いせい》良く喚《わめ》いていたユフィがルシアンを見て固まっている。

ハノンはユフィがよーく見えるようにルシアンを抱いたまま近づいた。

「ユフィ様。フェリックス様の息子のルシアンです。以後お見知り置きくださいませね」

ルシアンの姿を見て、ユフィはぐうの音《ね》も出ずにワナワナと震えている。

それもそうだろう。ルシアンの容姿は誰がどう見てもワイズ侯爵家特有のものなのだから。

ハノンはユフィに尋ねた。

「それで？　話が中断してしまいましたけど、なんのお話だったかしら？」

ハノンが満面の笑みを浮かべるとユフィはいきなり立ち上がり、口をパクパクさせた。

言い返そうと思っているのだろうが、どうやら何も出てこないらしい。

アリアが扇子をポンとユフィの肩に落とし、告げた。

「気が済んだでしょう？　これ以上の無礼は許さないわ。帰るわよ」

「っ……はい、アリアお姉様……」

そう答えてがっくりと項垂《うなだ》れた。アリアがハノンに言う。

「本当にごめんなさい。バカな従姉妹《いとこ》で恥ずかしいわ。でもこれでもう、さすがに諦めて口を噤《つぐ》むでしょう」

「ふふふ、すぐに解決して良かったわ。ありがとうアリア様」

「今度はゆっくりルシアンと遊びたいわ」

「ええ、いつでも来てちょうだい」

「嬉しい！　ではこれで失礼します。じゃあね、ルシー」

「ばいばい」

こうして小さな珍騒動は終わりを告げた。

（やれやれ、モテる旦那様を持つとこういう苦労もあるのね）

まぁ大概のご令嬢やご婦人に口で負けるとは思っていないハノン。

ある意味ハノンは、北の最強のゴリラと呼ばれる兄よりも強く逞《たくま》しい気性の持ち主であった。

◇◇◇◇◇

あ、あのフェリックス＝ワイズが――今までどんな女性にアプローチされても眉一つ動かさなかった、あ、あのフェリックス＝ワイズが、突然妻と実子を連れて王都へ戻ってきたという話でアデリオール王国の社交界は一時騒然となった。

王宮内でもたびたびそのことについて数多くの者から尋ねられたワイズ侯爵はこの事実を認め、新たに家族となった嫁と孫に対しての無礼は一切許さぬと態度で示した。

しかし……建国以来の名門、ワイズ侯爵家といえど突っぱねられない相手がいる。

それはアデリオールの君主である国王であった。

ワイズ侯爵家の令息として、同い年の第二王子クリフォードの遊び相手という名目で幼い頃から王城へ上がっていたフェリックス。息子の仲良しの友達を、クリフォードの父である国王は殊《こと》の外《ほか》可愛がった。

その息子同然に可愛がってきたフェリックスが、長年の想いを実らせて結婚をした。四年もの歳月をかけて捜し出し、女性だけでなく密かに生まれていた息子まで迎えることが出来たという。

当然、国王は大いに関心を寄せ、そしてフェリックスに、妻子を連れて登城するようにと告げる。

フェリックスは、妻は社交界デビューを果たしていないため、必ず好奇の目に晒《さら》されると難色を示した。

ならば当日、謁見の時間は信を置く者にしか同席させない配慮をすると約束して、ようやく過保護全開のフェリックスの首を縦に振らせることが出来たのだった。


そして、その日がやってきた。

謁見の間は信頼出来る古参の侍従や側近だけを残し、人払いをされている。やがてフェリックスが妻子を伴《ともな》い謁見の間に姿を現した。

フェリックスは臣下として騎士の礼を執《と》り、妻のハノンはカーテシーをする。

国王は礼を執《と》る二人に穏やかな声で告げた。

「よい、楽にしてくれ。よく来てくれた」

「仰せに従い、参上いたしました。お約束通り妻と息子を連れて参りました」

「うむ、ようやく披露《ひろう》してくれるのだなフェリックス」

王の思いがけない言葉に内心驚きながらも、ハノンはフェリックス＝ワイズの妻として、そしてファビアン＝ルーセルの妹として、この国の作法で完璧な挨拶をする。

「アデリオールの地上の太陽にご挨拶申し上げます。フェリックス＝ワイズが妻、ハノン＝ワイズにございます。お目通りが叶い、恐悦至極《きょうえつしごく》に存じます」

それを見て国王は満足そうに頷いた。

「聡明で美しい女性を迎え、ワイズ侯爵家は安泰であるな」

「勿体《もったい》なきお言葉、ありがとうございます」

国王は隣のフェリックスに言った。

「そなたの憂《うれ》いは無駄であったようだな」

その言葉にフェリックスはしれっと答える。

「妻の礼儀作法を心配していたのではありません。父も私も、不躾《ぶしつけ》な周囲の視線を警戒していたのでございます」

「ははは。そなたに過保護な一面があるとはな」

からかいモードになりそうな予感がしたフェリックスは、次にハノンの側でちまっと立っているルシアンを紹介した。

「陛下、息子のルシアンにございます」

しかしルシアンはキラキラと目を輝かせて父親を見ていた。

「ん？　ルシアン、どうした？」

国王には目もくれず、一心に自分を見るルシアンにフェリックスは訊ねる。

ハノンがルシアンに囁《ささや》いた。

「ルシアン、きちんと前を向いてご挨拶をしましょうね」

母に促《うなが》され、ルシアンは玉座に座る国王の方を向き、胸に手を当てた。

それはまだ拙《つたな》くはあるが、誰が見ても騎士の礼であった。

そして、「るちあんでしゅ！」と元気良く挨拶をしたのだ。

その瞬間、玉座に雷が落ちた。

いや何度も言うように、実際に雷なんて落ちてな……（以下省略）

齢《よわい》三歳《しゃい》の小さな騎士の礼を見た国王が、雷に撃たれたような衝撃を受けたのだ。

国王は玉座に座ったままワナワナと震え出す。

ハノンはルシアンが無礼を働いたのではないかと心配になった……が、それは杞憂《きゆう》に終わった。

「え？　か、可愛いっ……!?　なんだ今のは!?　な、なんだ!?　どうした!?　余の目の前に、王国一の騎士がいるぞっ!!」

目尻を下げ、頬を艶々《つやつや》と赤く染めながら国王はそう言った。

おそらく大陸最年少の小さな騎士の礼を目の当《ま》たりにし、王様は大興奮だった。

「るちあん卿に爵位をっ……騎士爵を贈ろうっ!!」

「陛下！」

「陛下落ち着いてくださいっ！　確かに途方もなく可愛かったですが、僅か三歳に騎士爵は早すぎます！」

「るちあん卿！　アレはヤバい!!」

「短い手足で懸命にっ……ちょまっ……いかん、口から変な汁がっ」

侍従や側近達が玉座へと駆けつけて王を宥《なだ》めつつも、自身らも萌えを口にしている。

ハノンはそのやり取りを尻目にルシアンに尋ねた。

「い、いきなりどうしたのルシー。騎士の礼なんていつ覚えたの？」

「ぱぱ、ちてた！　ぱぱかっこいい！」

「!!」

その言葉を聞き、フェリックスが騎士の礼服の上から心臓を押さえた。その様子を見てハノンはぷっと噴き出す。

「今、覚えたのね。パパに感銘を受けたのよ。良かったわね？　パパ」

ハノンがフェリックスを見てそう言うと、「生きてて良かった……生まれてきて良かった……」と、フェリックスは感動に浸《ひた》り始めた。

まぁこんな感じでフェリックス一家の初の謁見は無事（?）に終わったのだった。

その後も国王は、王城でフェリックスを見かけるたびに「るちあん卿は元気か?」「るちあん卿に会いたい」「るちあん卿を名誉騎士団長に就任させる」とか言い続けたんだとか……

第二章

ハノンとルシアンがフェリックスと共に王都で暮らし始めて、早いもので三ヶ月が過ぎようとしていた。

ハノンもルシアンも今ではすっかり王都での生活に慣れ、近頃は近くの教会で開かれる地域の子どもと母親の交流会などに参加するようになった。

ルシアンに同年代の子ども達と触れ合わせたり友達を作ったりするのが目的だ。

月齢の低い時期から託児所に預けられていたルシアンは、このような場は初めてであったけれど物怖《ものお》じすることもなく、最初から色んな子と打ち解けて仲良く遊んでいる。

ハノン自身も、同じ子育てをする母親達との情報交換や他愛ない会話を楽しめるので、週に二日はその集まりに参加するのが習慣になっていた。

フェリックスは侯爵家の次男だが、今の彼はなんの爵位も持たないただの騎士だ。

いずれは父のワイズ侯爵から彼が持つ爵位の一つを譲られるのだとしても、今の段階では平民達の集会などに参加しても問題なかった。

子爵令嬢でありながら平民に紛《まぎ》れて暮らしてきたハノンにとっては、むしろ市井《しせい》の方が馴染《なじ》みがあるのだが。

この集まりに参加するようになって二週間、今ではすっかり教会のシスター達とも気さくに声をかけ合える間柄《あいだがら》になっていた。

そうやっていつものように教会を訪れ、ルシアンがお友達と遊んでいる様子を見ながら他の母親達と教会に寄進する衣類などを縫っている時のことだった。

初めて見る年若いシスターが何やら熱心に近くのベンチから子ども達を見つめている。

集まりの新参者であるハノンは、あの若いシスターが誰なのか訊いてみた。

「あそこのベンチに座っているシスターは初めてお見受けするお顔なのですが、以前からこの教会にいらっしゃる方なのですか？」

すると、この集まりで一番古株であるという、商家の嫁だという母親が答えてくれる。

「あぁ、あの方は二、三日前にどこかの修道院から臨時のお預かりとして来られているそうよ」

一緒に手を動かしていた他の母親がそのシスターの方に視線を向けた。

「修道院に入ると、そうおいそれとは俗世に出られないと思っていたわ。だってあそこって行き場のない女性や罪を犯した貴族女性が身を寄せる場所でしょう？」

「戒律《かいりつ》の厳しい修道院ならそう。一度入ったらもう出られないと聞くわね。でも比較的融通の利く修道院ならこうやって同じ系列の街の教会であれば移ることも出来るらしいわよ」

その言葉を聞き、母親達は興味をそそられる。

「融通って？」

古株の母親はニヤリと笑って〝金銭〟を表す手振りをした。

「寄付金という名の賄賂《わいろ》よ」

「「「まぁ～～～」」」

あらま、聖職者にも随分煩悩に塗《まみ》れた者がいるのね……とハノンは内心独り言《ご》ちながら年若いシスターの方をもう一度見た。

するとそこにはもう、彼女の姿はなかった。

ちょうど母親の視線に気付いたルシアンがこちらに向かって手を振っている。

「まま－！　おしゅなのおやまちゅくったー！」

ハノンは微笑んでルシアンに返した。

「凄いわねルシー。上手に砂のお山を作れたわね」

「うん！」

そう言ってルシアンはまた、他のお友達と共に夢中になって砂遊びを始めた。

「ふふ」

その姿が微笑ましくて、思わず笑みが零《こぼ》れる。

そんなハノンを陰から見つめる目があることを、この時のハノンは知る由《よし》もなかった。

その日も、ハノンとルシアンは教会で行われている母子の集まりに変わらず参加していた。

ルシアンは同じ年頃の子ども達と遊び、ハノンはその母親達と一緒に教会のバザーなどに出品する小物や衣類作りなどを楽しんでいる。

二人の楽しそうな様子に、帰宅したフェリックスが「ワイズ家からも何か寄付でもしようか」と言ってきた。

どうやら自分も何かしら関わりたいらしい。

でもワイズ侯爵家からの寄付金なんて、あの小さな教会では対応しきれないだろう。ハノンは少し考えて、フェリックスに答えた。

「金品よりも、力自慢の男手の方が必要かもしれないわね。修繕が必要な箇所をいくつか見つけたの。教会は年嵩《としかさ》の方達ばかりだから喜ばれると思うわ」

「わかった。何人か仲間に声をかけてみるよ」

「ありがとう」

ハノンは微笑んだ。いつもお世話になっている教会のためになるのなら、こんな嬉しいことはない。

「……」

微笑むハノンを黙って見つめる夫の視線に気付いた。

「フェリックス？」

フェリックスはふいにハノンの腰を抱き、額をこつんと合わせてくる。

「……ということは、その教会に若い男はいないということだな？」

「え？」

「若い司祭や修道士はいないと安心していいんだな？」

額を付けたまま話すフェリックス。そんなことを心配していたのかと、ハノンは思わず噴き出しそうになる。

たとえいたとして、ハノンの心は彼のものなのに。

拗《す》ねたような顔をする夫が可愛くてハノンはつま先立って彼の頬にキスをした。

「バカねフェリックス。わたしには貴方だけよ」

「俺も……ハノンだけだ。ハノンが俺の唯一だ」

フェリックスはそう言ってハノンをそっと優しく抱き寄せ、首筋に唇を押し当てる。

それをハノンは受け入れた。受け入れながらもふと思う。

そういえば最近どこかの修道院から移ってきたという若いシスター。

若者なら彼女がいたなと考えるハノンだったが、夫の不埒《ふらち》な唇と手のせいですぐに何も考えられなくさせられてしまった。

◇◇◇◇◇

その日もハノンはルシアンを連れて教会を訪れていた。

いつものようにルシアンはお友達と教会の裏庭で元気に遊んでいる。

その様子がよく見える場所にテーブルを置き、母親達は教会の細々《こまごま》とした仕事の手伝いをしていた。

繕い物、銀細工で出来た祈祷用《きとうよう》の道具の手入れ、古い聖書の修繕など。ハノンは教会が各方面に出す手紙の代筆を行なっていた。それらをこなす間、他の母親達と共に手を動かしながら口も動かすのが、とても楽しいひと時なのだ。

もちろん、近くで遊ぶ子ども達から注意を逸《そ》らすことはしない。

母親達は常に、子ども達の様子を気にかけていた。

なのですぐに、またあのシスターが子ども達の側にいることに気付く。

何をする訳でもない。ただ近くのベンチに座って子ども達をじっと見ているのだ。

その様子を見て母親の一人が小声で言った。

「あのシスター、どうしていつも子ども達を眺めているのかしら？　声をかける訳でも、一緒に遊ぶ訳でもなく……」

他の母親が首を傾げながら答える。

「さぁ……？　子どもがお好きなんじゃないのかしら……？」

ハノンも不思議に思い、その光景を見ていた。だけどふと、あることに気付く。

それに気付いてからは、ハノンは特に注意深くそのシスターの様子を気にかけた。

教会に来るたびに。そのシスターが子ども達の近くに来るたびに。

そして、何度目かの確信を得て、ハノンは子ども達が遊ぶ側で座って眺めているシスターの元へと歩いていった。

柔らかな声でそのシスターに話しかける。

「こんにちはシスター。今日は良いお天気ですわね」

突然のハノンの声かけに肩をびくりと震わせて、シスターはハノンの方へと顔を向けた。

今まで、食い入るように見つめていたルシアンから視線を逸《そ》らして。

子ども達全員を眺めていると思っていたシスターの視線が、我が子ルシアンにのみに注がれていると気付いてから、ハノンはいつもシスターを注視していたのだ。そして今日、とうとうそのシスターに声をかけたのである。

「……ご機嫌よう……」

〝ご機嫌よう〟。その挨拶からして彼女は元は貴族令嬢であったことが窺《うかが》える。

「子どもがお好きなのですか？」

ハノンは率直に問いかけた。

シスターはもうハノンを見ることもなく、子ども達……ルシアンの方へと視線を向けている。

そして心ここに在らずといった様子で答えた。

「ええ……特にあの子、あの銀髪の子、可愛いですわよね……赤い瞳も本当に美しいわ……」

やはりルシアンを見ているのに間違いはなかった。

「ありがとうございます。わたしの息子なんです」

すると近くに母親の姿を見つけたルシアンが、嬉しそうにハノンの元へ駆けてきてしがみつく。

「ままー！」

ハノンは息子の頭を優しく撫でた。ルシアンは小さな手のひらをパッと開き、握りしめていた石を見せてくれた。

「それは？」

ハノンが訊くとルシアンは得意げな顔をして言う。

「いし、ぱぱにあげるの」

「まぁ。素敵な石ね、きっとパパは喜ぶわ」

「ほんと？」

「本当よ。パパはルシーのことが大好きだもの」

「うん！」

ルシアンは笑顔でそう返事をしてさらにぎゅうぎゅうとハノンにしがみついてきた。

その母子《はは こ》のやり取りを見ていたシスターが急に立ち上がった。

「っ……わたくし、気分が優れませんのでこれで失礼しますわっ……」

そう言って踵《きびす》を返して教会の建物内に入っていく。

「……」

ハノンはその後ろ姿をじっと見つめた。

どういうつもりでルシアンを見ていたのだろう。害意がありそうな目ではなかった。

だけど言いようのない昏《くら》さがあったようにも感じる。

考えすぎなのだろうか……しかしどうにも心に引っかかってすっきりしない。ハノンは息子を抱き上げて、そろそろ帰宅することにした。

新たに教会に身を寄せるようになった年若いシスターの言動が不可解なせいもあり、ハノンはしばらく教会へ行くのを控えていた。

考えすぎかもしれないが、あのシスターのルシアンへ向ける視線がどうも気にかかるからだ。

〝不安要素があるものに近寄るべからず〟。昔から兄のファビアンに散々言い聞かされた言葉である。

今でもハノンはその教えを守っている。

しかし教会へ行かなくなって一週間目、とうとうルシアンが不満を口にした。

「ぼくいちたい！」

「教会はしばらくお休みしようと思っているの。いい子だから、お家でママと遊びましょうね」

「や！　いちたい！」

「ルシー……」

普段ならルシアンはあまり駄々《だだ》を捏《こ》ねることはしない。それほどお友達と遊ぶのが楽しいのだろう。

それが突然出来なくなり、幼いながらも不満を募《つの》らせていたようだ。

「いちたい！　あしょぶの！」

朝起きてからぷんぷん怒り続けているルシアンを宥《なだ》めるハノンに、出仕前のフェリックスが言った。

「こんなに行きたがっているんだ。今日は連れていってあげたらどうだ？　そのシスターが気になるのなら、いっそ教会の者に相談した方がいいだろうし……」

「そうね……」

「今日は演習日でもないし、クリフ殿下《でんか》の外出もないから、仲間を誘って教会《そっち》に行くよ」

「ホント？　貴方が来てくれるなら安心だわ。それなら今日はルシーを連れていってあげられるわね」

「……ああ」

自分が来ることで安堵して喜んでくれる妻が愛おしくて、フェリックスはキスしたくなる衝動を必死で堪《こら》えた。

すぐ側に、無垢《むく》な眼《まなこ》を向けてくる息子がいるのだ。

フェリックスはなんとか耐え、ハノンの頬にキスするだけに止《とど》まった……


一週間ぶりに訪れたハノンとルシアンを、他の参加者達は心から歓迎してくれた。

「るちあんくん、あしょぼ！」

「うん！」

「るちあん！　あしょぼーじぇ！」

「うん！」

お友達みんなに誘ってもらって、ルシアンはとても嬉しそうだ。特に仲の良い子に手を引かれて走っていくルシアンを、ハノンは微笑ましく見送った。もちろん近くにいて目を離すつもりはない。

すると、母親の一人がハノンに話しかけてきた。

その母親はハノン達親子の後からこの教会の集まりに参加するようになった親子だ。

貴族相手に商売をするロブン家の嫁だと言っていた。

「この一週間ほど姿を見せないから心配していたのよ。何かあったの？」

ハノンはどう答えて良いか思案して、結局は無難に答えることにした。

「ちょっと用事が立て込んでいたの」

「そうなの……また会えて嬉しいわ」

「ありがとう、わたしもよ」

そう言いながらもハノンは常にルシアンを視界に捕えていた。

「……！」

そして件《くだん》のシスターの姿を見つける。やはり今日も、彼女は子ども達の側へとやってきたのだ。

ハノンはルシアンに視線を固定したまま母親達に尋ねた。

「……あのシスター、わたしが来ていない時も、ああやって子ども達を見ていたの？」

その問いかけには別の母親が答えてくれた。

「あら、そういえばあの人、久しぶりに姿を見たわね。ハノンさん達が来なくてなってから、彼女の姿も見かけていなかったわ」

「そうなの……そうなのね……」

ハノンはなんだか嫌な予感がした。

ルシアンの側へ行こうと足を踏み出しかけた時、最初に話しかけてきたロブン家の嫁がハノンの手を取りこう告げた。

「ハノンさん、礼拝堂のカーテンを外すのを手伝ってほしいの。今日は良いお天気だから洗濯しようと思って」

そしてハノンの手を引いて歩き出そうとする。ハノンはそれを制するように言った。

「ごめんなさい、用事を思い出したからやっぱり今日は帰るわ。手を離してくださらない？」

しかしその母親はハノンの言葉を意に介さず、礼拝堂の方へと連れていこうとした。

「そう言わずに。せっかく来たんですもの。手伝ってほしいわ」

「ちょっと……」

あまりのしつこさに嫌な感じがしてすぐにルシアンの方へと視線を戻すと、あのシスターに手を引かれてどこかへ行こうとする息子の姿が目に飛び込んできた。

「っルシー!?　……離してっ!!」

ハノンは力ずくで引かれていた自らの手を奪い返し、ルシアンの方へと走った。

母親が自分の名を呼ぶのを聞き、ルシアンは足を止めて振り返る。

「まま？」

ハノンは二人の側に駆け寄り、ルシアンの手を引いていたシスターへ言った。

「息子をどこへ連れていこうというのです？　シスター……その手を離してください」

若いシスターは何も答えない。ただ繋いだルシアンの手を自身の方へ寄せ、ハノンから遠ざけた。

それを見て、ハノンは内心焦りながらも落ち着いた様子で端的に告げる。

「シスター、息子を返してください」

静かな口調とは裏腹に強い眼差しを向けるハノンから目を逸《そ》らすようにシスターは俯《うつむ》いた。

「ふ、ふふふ……ふふふふ……」

そして俯《うつむ》いたまま不敵に笑い出す。

「シスター……？　あなた……」

訝《いぶか》しむハノン。シスターは俯《うつむ》いたまま低く地の底を這《は》うような声を発した。

「貴女が私からすべて奪ったのよ……」

「え？」

今度はヒステリックな甲高い声が、ハノンの鼓膜を震わせた。

「あの夜、貴女が私からすべてを奪ったのよっ!!」

ルシアンを自身の身に引き寄せたままハノンを睨みつけるその双眸《そうぼう》は、怒りや憎しみで真っ黒に塗り潰されているようであった。

息子を向こうに取られている以上、迂闊《うかつ》な動きは出来ない。額に冷たい汗が滲《にじ》むのをハノンは感じていた。

しかしハノンはそれを気取られぬよう、相手を刺激しないよう努めて冷静を装《よそお》った。

「……わたしは貴女とは面識がなかったと思うのだけれど、なぜわたしがすべてを奪ったと言えるの？」

「泥棒猫がいけしゃあしゃあと……貴女がしゃしゃり出てこなければ、彼の隣には私が立っていたはずでしたのにっ！」

「彼……？」

「フェリックス様ですわっ!!　私、知っていますのよっ、卒業式の夜に貴女が彼に付け入ったことをっ!!」

(わかった……そういうことなのね)

ハノンはシスターの発言から理解した。

その考えが正しければ、どちらの元ご令嬢か確かめねばならない。

「……ブロンゾ伯爵家のリジア様でしたかしら？」

「失礼ですわっ、私はマレル侯爵家のナディーヌです！」

(あ、そっちね、どちらもよく知らないお方だけど)

ハノンは内心肩を竦《すく》めた。

ナディーヌ＝マレルとリジア＝ブロンゾ、二人ともかつて夫フェリックスの婚約者候補だった元令嬢だ。

もっとも卒業式の夜に互いを出し抜こうとして、偶然にも二人揃って媚薬と催淫剤をフェリックスに盛り、その咎《とが》で修道院送りになったはずだが。

「この教会はナディーヌ様が入られた修道院の系列でしたのね」

ハノンは事《こと》の次第が読めてしまった。つまりは逆恨みか。

「あの夜、本当なら私がフェリックス様と結ばれるはずでしたのよっ……それを貴女がっ……」

「ブロンゾ家のリジア様もそう思っておられるのでしょうね」

「なによっ!! そんなこと知りませんわっ!!」

そんな短略的思考だからフェリックスに媚薬だか催淫剤だかを盛るなんて真似が出来たのだろう……ハノンは呆れ返ると共に、心の奥底から怒りの感情が湧き上がってきた。

あの夜、フェリックスがどれほど苦しんだか。下手すれば命を落としていたのだ。

まさかライバル令嬢も同じ考えであったなどと思いも寄らなかったのだろうが、それこそが浅慮《せんりょ》で、高慢で愚かさの現れだ。

「全くの無関係だった貴女が割り込んできて私のものを奪ったのですわっ!! 彼の妻の座や愛される立場をっ。この子どもだって、本当は私が生んでいたはずですのにっ!!」

そう言ってナディーヌはルシアンを後ろから羽交締《はがいじ》めにした。

側にいる大人の女の人が母親に怒鳴り散らしている……その状況は幼いルシアンにとって、とても恐ろしいものであるはずだ。

現にルシアンは涙目になって震えている。そして一心に母親であるハノンを見つめていた。

泣き出さず我慢している三歳の息子の胆力に、ハノンは驚いていた。普通なら怖くて泣き出している状況だ。

ハノンが普段と変わらないテンションを心がけているためかもしれないが、涙を溜めながらも懸命に耐えている息子を抱きしめて褒めてやりたい。

ハノンはそんなルシアンを安心させようと、わざと大袈裟《おおげさ》なくらいに微笑んで頷いてやった。大丈夫だと。すぐに抱きしめてあげるからと、そんな思いを込めて。

ハノンはナディーヌに言った。

「息子は関係ないのですから離していただけませんか？　代わりにわたしがそちらに参ります。わたしが憎いのであれば、その方がいいでしょう？」

ハノンはナディーヌに話しかけて彼女の気を逸《そ》らし、時間を稼ぐことにした。思い詰めた彼女がルシアンに害を与えないとは限らない。

それに……それに、彼は来ると言っていたから。必ず助けてくれる。ハノンはそう信じていた。

ナディーヌはさも名案を思いついたかのように、軽薄な笑みを浮かべて言った。

「……それなら、フェリックス様と離縁しなさい。彼を私に返しなさい」

「返すも何も、元々貴女のものではないと思うのだけれど」

「うるさいですわよっ、いいから彼と別れなさいっ」

キーキーとヒステリックな声で喚《わめ》き散らすナディーヌに、ハノンは内心辟易《へきえき》としながらもそれを曖気《おくび》にも出さずに告げた。

「でも、離婚は互いの同意の下でないと成立しないから、夫と話し合わないことには決められないわ」

「彼を夫だなんて呼ばないでっ!!」

一層ヒステリックなナディーヌの声が辺りに響き渡ったその時、彼女のすぐ後ろに背の高い影が差した。

「俺はキミと別れるなんて絶対に嫌だぞ」

そしてその影がハノンに向けてそう言った瞬間、ナディーヌの身が横になぎ倒される。

それと同時にルシアンが高く抱き上げられ、彼女から引き離された。すべてが一瞬の出来事で、息を呑む間もなかった。

「……フェリックスっ」

ハノンは目の前に現れた夫の名を呼ぶ。

「遅れてすまない。ハノン、ルシアン、怪我はないか？」

「ぱぱー！」

何が起きたのかわからず暫《しばら》くぽかんとしていたルシアンだが、今はもう父親に抱かれているのだと知り、泣きながらフェリックスにしがみついた。

フェリックスは優しく指の背で息子の頬を撫でて涙を拭《ぬぐ》ってやる。

「泣かずによく我慢出来たな、偉いぞルシアン。お前は騎士に向いている。これは陛下にお話して本当に騎士爵を賜《たまわ》らないといけないな」

泣き出す息子を宥《なだ》めるために軽口を言うフェリックスの元へ、ハノンは安堵の息を吐きつつ近寄った。

「来てくれて本当に良かったわ……」

「キミが気にしていたシスターが、まさかマレル元令嬢だったとはな」

フェリックスは、彼と共に教会の手伝いに訪れた騎士仲間の一人に取り押さえられているナディーヌを一瞥《いちべつ》した。

「フェ……フェリックス様……お会いしとうございましたわ……」

この期に及んでナディーヌは媚《こ》びた目つきでフェリックスに擦り寄ろうとした。

それを見たフェリックスは、視線だけで射殺せそうな冷たい眼差しを彼女に向ける。

「……マレル家は確か、貴女を一生修道院から出さぬという約束で、事を公《おおやけ》にしないよう求めたのではなかったか？　このことは貴族院を通して正式にマレル家に抗議させていただく」

フェリックスが薬を盛られた件は、三家の政治的な絡みもあって示談のような形となって公《おおやけ》にはされなかった。

公《おおやけ》にしないことでワイズ侯爵は政略的に有利な状況を得たのだ。

しかしその時の誓約を破り、フェリックスの家族を害そうとしたことは決して許されることではない。

ナディーヌはおそらく修道院ではなく牢獄に繋がれるであろう。そしてマレル侯爵家もそれなりの罪に問われることになる。

ナディーヌは涙を零《こぼ》しながら必死に訴えた。

「そんなっ……私はただ、愛しい貴方にお会いしたかっただけですわっ……」

「貴様と俺はもうなんの繋がりもない無関係な人間で、一方的な感情をぶつけに来られても迷惑だ。もし、またこのように俺の家族に関わったら……その時は女性であろうと容赦はしない。死んだ方がマシだというほどの苦痛を味わわせてやる」

「ひっ……！」

温厚で紳士的だと思っていたフェリックスからの凍えるような殺気に当てられ、ナディーヌは竦《すく》み上がる。

そしてそれ以上何も言えずに、その場にいた騎士達に連行されていった。

「途中から一人称が俺になって素に戻っていたわよ」

未だに深いシワが寄っている夫の眉間に指を当てながらハノンは言った。

「当たり前だ。逆恨みしてハノンとルシアンを狙うなんて……本当ならあの場で斬り捨ててやりたかった」

「思い留まってくれて何よりだわ」

フェリックスは片手でルシアンを抱き、空《あ》いている方の手でハノンの手を握った。

「ハノン、すまない。過去の家の繋がりのせいでキミに迷惑をかけた」

「仕方ないわ。こんなことになるなんて、だれも予測は出来ないもの」

「そうだな……」

「さぁ、もう今日は帰りましょう。ルシーをゆっくり休ませてあげたいわ」

ハノンは、泣き疲れてフェリックスに抱かれながら眠ってしまった息子の頬に優しく触れる。

「そうだな、俺も今日はもうこのまま上がらせてもらうように仲間に頼むよ。一緒に帰ろう、我が家へ」

「ええそうね。帰りましょう、我が家へ」

不思議な縁に導かれ、あの夜に繋がった二人の人生の糸。

ナディーヌには割り込んできたと詰《なじ》られたがハノンはそうは思わない。

あの日、あの夜、あの場所で結ばれるのが自分達の運命だったのだと、ハノンはそう信じたかった。


フェリックスの元婚約者候補であった令嬢が、金を積んで勝手に修道院を抜け出し、彼の妻子を脅迫した事実は瞬《また》く間にアデリオール王国内中に広まった。

ナディーヌに直接告げたように、フェリックスは貴族院を通しワイズ侯爵家として正式に抗議。

誓約の反故《ほご》は罪深く、弁明や酌量《しゃくりょう》の余地は与えずに、ナディーヌと生家のマレル侯爵家には厳罰が下されることとなった。

ナディーヌの父であるマレル侯爵家当主ジョルジュは大幅な領地の没収。

そしてナディーヌ自身は女性が収容される北の牢獄へと投獄されることとなった。

あの時、ハノンを無理にルシアンから引き離すようにナディーヌに協力していたロブン家の嫁にも、ワイズ侯爵家から婚家《こんか》へと抗議文を送った。

おそらくロブン家がマレル侯爵家と商売上の繋がりがあったため、恩を売ろうと嫁が勝手にしたことであろう。

しかしマレル家よりも格上のワイズ侯爵家に睨まれてはアデリオールで商売を続けていくのは難しくなる。

よってロブン家の当主は嫁を長期に亘《わた》る謹慎処分にすると決定すると共に、謝罪を申し入れてきた。

そしてナディーヌを受け入れた教会にもなんらかの咎《とが》はあったようだが、それは一部の司祭のみで、親子が交流する場はそのまま継続されることとなった。

これを以《もっ》て、一連の騒ぎは収束したのであった。

◇◇◇◇◇

その騒動から二ヶ月後、ハノンは朝から気怠《けだる》さと眠さを感じていた。

昨夜はたっぷり寝たはずなのに、眠たくて眠たくて仕方ない。少し熱っぽさもあるし、あまり食欲もなかった。

何も知らない昔なら、この不調の原因は風邪なのかそれとも他の病なのかと不安になっていただろうが、既に一度経験しているハノンは特に慌てる様子はない。自宅に産科専門の医療魔術師の往診を頼んだ。

結果はやはり、妊娠していた。

ちょうど三ヶ月に入ったところだそうだ。

そろそろ悪阻《つわり》が始まる頃だろうから、食べられるものを無理なく口にするようにとアドバイスを受けた。

ルシアンはハノンが病気になったのではないかと思ったらしく、とても心配そうな顔で縋《すが》りついてきた。

「まま、どうちたの？　おなかいたたの？」

不安そうな息子を抱きしめ、ハノンは優しく答える。

「ふふ、大丈夫よ。お腹は痛くないわ。ママのお腹にね、赤ちゃんがやってきたのよ」

そう告げた時、ふいにドサッと物が落ちるような音がした。

驚いて居間の入り口を見ると、持っていた鞄を落としたフェリックスが呆然とこちらを見ている。

「フェリックス、おかえりなさい。気付かなくてごめんなさい」

「いや、いいんだそんなこと……それよりハノン、今なんと……？」

大きく目を見開いているフェリックスにハノンは微笑みかけた。

「フェリックス、わたし妊娠したの。わたし達の赤ちゃんが秋には生まれるわ」

「……ホントに？」

「ホントよ」

「ホントのホントに？」

「ええ」

ハノンが頷きながら答えると、フェリックスはいきなりルシアンを抱き上げて高く掲《かか》げた。

「きゃはは！」

大好きな高い高いをしてもらい、ルシアンは喜ぶ。それと同じくらい喜びを露わにしてフェリックスが言った。

「やった!!　ルシアン!!　家族が増えるぞ!!　ルシーはお兄ちゃんになるんだ！」

そう言ってルシアンを高く掲《かか》げたまま回り始める。

ルシアンはパパに遊んでもらっていると思い、嬉しそうに笑った。

「たかい！　たのちぃ！」

「そうだ！　楽しみだな!!」

「ふふふ」

全く会話が噛み合っていない親子だが、フェリックスの予想以上の喜びっぷりにハノンの心が幸せに満たされた。

ルシアンをソファーに降ろし、フェリックスは次にハノンを抱きしめた。

「本当はキミも高く掲《かか》げたいくらい嬉しいけど、体に負担がかかってはダメだからやめておくよ。ああ……ハノン、ありがとう！　嬉しいよっ……もの凄く嬉しいよ！」

「フェリックス……」

ハノンは思わずフェリックスに口付けをした。

ルシアンの時はたった一人で喜びに浸った。

だけど今は一緒に喜びを分かち合える人がいる。

最愛の夫と息子と共に、新しい命の誕生を喜べるのだ。

こんな幸せなことがあるだろうか。

ハノンが幸せに満ちた顔でフェリックスを見上げると、今度は彼の方から口付けてきた。

「ままとぱぱなかよち！　ぼくも！」

そう言ってルシアンが二人の足にくっついてきた。

フェリックスがルシアンを抱き上げ、もう片方の手でハノンを再び抱きしめる。

幸せな家族の光景がそこにあった。

◇◇◇◇◇

それから二ヶ月ほどが過ぎた。

ハノンが安定期に入りお腹が少しふっくらとし始めた頃、ごく近しい者だけを集めてささやかな結婚式が執《と》り行われた。

本当はワイズ侯爵家の威信を懸けてもっと大々的な結婚式を挙げるつもりだったらしいのだが、ハノンの体調を鑑《かんが》みて控えめな式へと変更となったのだ。

出産とある程度の育児後に改めて結婚式を……という意見も出たのだが、夫婦仲を考えるとその後もすぐに懐妊《かいにん》するかもしれないという意見が大多数だった。

従ってもうさっさと式を終えて、対外的にも二人が正式な夫婦であると知らしめようということになったそうだ。

ウェディングドレスは妊婦であるハノンの体に負担がないように、胸下の切り替えからトレーンの布をふんだんに使ってドレープをふんわりと寄せた、華やかで優しげなドレスを義母と義姉が用意してくれた。

涼しげなパールホワイトの絹地にシフォンやレースを巧みに使い、大粒のパールが沢山あしらわれている。

ホルターネックになっているため、胸元の傷はキレイに隠れているから安心だ。

髪はふんわりと編み込んでからアップスタイルに結い上げられ、生花とパールで飾られた。

妊婦のため視界が不明瞭となって転んでは危ないという過保護な理由でベールアップはしないと決まり、ショートベールの採用となった。

そして妊娠後ますます美しくなったハノンの瑞々《みずみず》しい美貌もドレスアップの一部となり、誰もが息を呑む美しい花嫁となったのだった。

ルシアンは普段とは違う母に驚き、少し恥ずかしそうにモジモジとしている。

「ルシー？　どうしたの？　何が恥ずかしいの？」

「まま……？」

「そんなにいつもと違う？」

厚化粧なのかしらと心配になるハノンに、ファビアンがルシアンを抱き上げながら言った。

「ママが綺麗でびっくりしたんだよな？」

「まま……おしめしゃま《お姫様》みたい」

ファビアンが訊くとルシアンはこっくりと頷く。

「まぁルシー、褒め上手ね、ありがとう」

ハノンが嬉しそうに微笑むと、ファビアンが苦笑した。

「うーん……俺よりも女性を喜ばす術《すべ》を身につけているような気がする……」

なんとも複雑そうに、ファビアンはそう言った。

今回、ファビアンは妹の式に参列するために転移魔法で王都に駆けつけてくれた。

主家であるロードリック家の保有魔道具、転移魔法具を借りて。

馬や馬車と違い、この魔道具を使えば少ない魔力の者でも転移魔法を使用出来る。信じられないくらい高価だが実に便利な道具だ。

なんとこの魔道具を、今日の式に参列する第二王子クリフォードが結婚祝いとしてフェリックスとハノンに贈ってくれた。

これでいつでも兄に会いに北の大地へと行ける。

粋《いき》な贈り物にハノンは心から感謝した。

「こんなお腹だから新婚旅行はいずれ改めて、ということにしたの。でも動けるうちに、近々北《そちら》に遊びに行くわね」

ハノンがそう言うと、ファビアンは微笑みながら「待ってるよ」と答えてくれた。

「開式のお時間です」

教会の者が時間が来たことを告げる。

ルシアンを義母に預け、ハノンはファビアンに伴われ礼拝堂へと向かった。

「ハノン、お前が幸せになってくれて、お兄ちゃんは本当に嬉しいよ」

「ありがとう……お兄様」

ハノンの瞳に真珠に似た涙が一粒浮かぶ。

昔から妹の涙にはめっぽう弱いファビアンが困ったような微笑みを浮かべて言った。

「涙は旦那のために取っておけ」

「これはお兄様だけに贈る感謝の涙なの」

ハノンがそう言うと、今度はファビアンの目に涙が浮かんだ。

「ハノンっ……」

そこで礼拝堂の扉が開いた。

ハノンはファビアンと共にバージンロードを歩んでいく。

花嫁よりも大量の涙を静かに流しながら歩く兄の姿を、参列してくれた皆が微笑ましげに見ていた。

そしてバージンロードの先には愛する旦那様の姿が。

フェリックスが優しい眼差しでハノンを見つめていた。

やがてファビアンの手からハノンがフェリックスへと渡される。

「……大切な、大切な妹です。どうかこれからは貴方の手で守り、大切にしてやってください、幸せにしてやってくださいっ……」

静かな男泣きで願いを告げるファビアンに、ハノンの手をそっと包み込みながらフェリックスが力強く頷いた。

「自分のすべてを懸けて、ハノンと子ども達を守り、大切にし、必ず幸せにします」

まるで誓約のような言葉を司祭にではなくファビアンに告げたフェリックスに、司祭が大きく咳払いをする。

そして「正式な誓いはこちらでお願いしますぞ」とウィンクをしつつ言った。

お茶目な司祭様である。

それから正式な婚姻の誓約を司祭の前で改めて誓う。

フェリックスがハノンに誓いの口付けを落とすと、司祭が高らかに宣言した。

「ここに両名が正式な夫婦であると認めます。死が二人を分かつまで共に仲睦《なかむつ》まじく、幸多き人生を歩まれますように！」

参列した皆から盛大な拍手が送られた。

フェリックスの兄に抱かれたルシアンも小さなお手手で一生懸命に拍手をしている。

ファビアンはもちろんのこと、ワイズ侯爵家の家族達。メロディとパートナーのダンノさんやクリフォード。

ワイズ家の親戚やフェリックスやハノンの友人達も参列してくれている。

あの卒業式の夜、いや、もっと遡《さかのぼ》れば学園で魔物が暴れた日からすべてが始まった。

二度と交わることはないと思っていた互いの人生の糸が再び交わり、縦糸と横糸となって、新たな人生を紡《つむ》ぎ出した。

そこに紡《つむ》がれる様々な模様が家族としての歴史になっていくのだろう。

幸せな模様もあるだろう。悲しい模様もあるだろう。でもそれもすべて、いつしか調和の取れた美しい布地になると信じている。

「ハノン、綺麗だ。本当にキレイだ」

「騎士の正装姿の貴方も本当に素敵よ」

「惚れ直した？」

「ふふ、それはお互い様ね」

フェリックスとハノン、二人嬉しそうに微笑みながら額を合わせる。

そこにルシアンが寄ってきた。

「ままーぱぱー！　ぼくもー！」

「「ルシー」」

二人で同時に最愛の息子を呼び、フェリックスがルシアンを抱き上げた。片手にはハノンの手をしっかり握り、決して二人を離さないという固い決意の眼差しをしている。

(そうね、もう二度と離れないわ)

ハノンはつま先立ち、隣の夫の耳元で何かを囁《ささや》く。

その言葉を聞き、フェリックスは嬉しそうに微笑んだ。

第三章

「ルーセル卿、また貢《みつ》ぎ物ですか？」

ハノンとフェリックスの結婚式からふた月ほどが過ぎたある日のこと。

国境の見回りに出ていたファビアンに、厩務員《きゅうむいん》が声をかけた。

ファビアンが持つ大量のバナナを見て、そう言ったのだ。

「ああ。今日は置かれてまだ間もない時に回収出来たから凍ってないぞ、良かったらみんなで食べてくれ」

ファビアンがバナナを渡すと、厩務員《きゅうむいん》は喜んで受け取った。

「やった！　ありがとうございます」

その厩務員《きゅうむいん》に馬を引き渡し、ファビアンは昼食を食べるために騎士団敷地内の食堂へと向かった。

その時、後ろから声をかけられる。

「ファビアン様っ！」

小さな鈴を転がすような可愛らしい声の主が後ろから小走りに駆けてくる。

「ランツェ様、そのように急いで走られますと、また転びますよ」

ファビアンがランツェと呼んだ娘に向かって告げる。そして言ったそばからランツェは床のちょっとした隙間に蹴躓《けつまず》き、転びそうになった。それをファビアンが素早く動いて既《すん》のところで体を支える。

ランツェとファビアンの距離は結構あったのだが、それをものともせずにファビアンは一瞬で距離を詰めた。

さすがは北の国境にこの男在りと謳《うた》われるだけのことはある。

大きな体躯からは想像もつかないほど素早く動けるゴリ……男であった。

ファビアンの逞《たくま》しい腕に支えられていると気付いたランツェが、真っ赤な顔をして慌てて身を離す。

「ご、ごめんなさいっ、私ったらまた粗相《そそう》を……！」

いた堪《たま》れなさそうに詫びるランツェに、ファビアンは優しく微笑んだ。

「構いませんよ。転ばずに済んで何よりでした。それより私に何かご用でしたか？」

「はい。ちょうど貴方宛ての手紙が目に付いたものですから、早くお届けしようと思いましたの」

頬を染めながらファビアンを見上げるこのランツェは、バーレル辺境伯にして北方騎士団団長、オルブレイ＝ロードリックの一人娘である。

小柄で愛らしい容姿の十八歳で、ファビアンを想う恋する乙女であった。

「ありがとうございます」

ファビアンが礼を言って手紙を受け取る。裏返して送り主の名を確認したファビアンが微笑むのを見て、ランツェは思わず訊ねてしまった。だって送り主は女性の名前だったから。

それもあって、自ら手紙を届けに来たのだ。

ファビアンがその送り主とどういう関係なのか、気になって仕方がないランツェである。

「あのっ……その……一つお聞きしてもよろしいでしょうか……？」

「なんでしょう？」

「その……ハノン＝ワイズという方はファビアン様とはどういったご関係の方なのでしょうか……」

ランツェはもじもじしながらも気になっていることを率直に聞いた。儚《はかな》げな見かけによらず、意外と行動的な性分なのだ。

ワイズと記名してあったところを見ると、ワイズ侯爵家の者であるのは間違いないだろう。

（なぜファビアン様に手紙を……？）

ランツェは思わずスカートをぎゅっと握った。しかしファビアンはなんでもないような顔で答える。

「ああ、妹です。つい最近結婚しましてね、きっと新しい暮らしのことを色々と知らせてくれる手紙でしょう」

「妹さん……そうですか！　良かった！」

「え？」

「え？　あ！　いえそのあの……こ、これで失礼します！」

そう言って、ランツェはその場からそそくさと逃げ去った。

「なんだ？　急に……」

訝《いぶか》しむファビアンの後ろから「ホントにわからないんですか？」という声がした。

「何がだ」

そう言いながら振り向くと、そこにはファビアンが班長を務める見回り班の副班長、デニー＝ケントがいる。

「全く……班長ってば剣の腕は一流なのにそういうところはホントだめだめですよねぇ」

「だから何がだよ」

「教えてあげません」

デニーがファビアンの前をすたすたと歩いていった。行く先は食堂だろう。

ファビアンは首を傾げながら、自身も歩き出した。

昼食後にハノンからの手紙を読む。

手紙には王都での暮らしにも慣れてきたことや、ワイズ侯爵家の皆がとても良くしてくれること、夫と息子と幸せに暮らしていることが書いてあった。

そして亡き父が遺した借金についても。

ルーセル子爵家が持っていたすべてを売り払ったおかげで、領地は失ったが借金はほとんど返せている。

それなのにワイズ侯爵家から〝花嫁の支度金〟として返済をしたいとの申し出があったらしい。

ハノンは持参金も用意出来ないのに、一方的に支度金など受け取れないと辞退したそうだ。

しかし今までルシアンを産み育てた費用を無視出来ないと思ったフェリックスが、せめてその分の費用を借金返済にあててほしいと言ってきたのだ。

ファビアンは返事に、本来爵位を襲爵《しゅうしゃく》した自分だけに責務のあるものなので、ハノンはもう気にしなくても良いと書いた。

ルシアンが産まれてからは一切ハノンに負担はさせていなかったので全く気にしていなかったくらいだ。

なので借金のことは妹夫婦は気にする必要はないとハッキリと書いてやった。支度金云々《うんぬん》のことは、後は夫婦二人で話し合うだろう。

給金の良い北方騎士団《ここ》で働けば、じきに完済出来る。

それに自分には意外とこの地が性に合っていた。まつ毛が凍る寒さも、厳しい土地だからこそ皆で助け合い生きていく在り方も。

名ばかりの貴族と揶揄《やゆ》されることもなく、楽に呼吸が出来る。

そして微力ながらも国防の要《かなめ》に関わっているというやり甲斐《がい》もある。

まぁホントになんでもすぐに凍ってしまうので、バナナの置き去りだけはやめてほしいと思っているのだが。

「ルーセル」

ハノンからの手紙を畳んでいる最中にまたまた声をかけられた。

今日はよく声をかけられる日である。

声がした方を見やると、そこにはランツェの父でもある北方騎士団長のオルブレイ＝ロードリックがいた。

「団長、何かご用でしょうか」

ファビアンが礼を執《と》ると、それを手で制しながらオルブレイが言った。

「堅苦しいのはナシだ。ちょっと話がある。部屋まで来てくれ」

「承知しました」

オルブレイの後に付いて、ファビアンは団長室へと行った。

部屋に入るとオルブレイは話し出した。

「先ほど娘に聞いたのだが、君の妹さんがワイズ侯爵家に嫁《とつ》いだとか」

「はい。ご縁がありまして、次男のフェリックス卿と婚姻を結びました」

「ぬぬぬ……」

「団長？」

「……まさかとは思うが、親戚になった縁だとかなんとか言って、王宮騎士団や東方騎士団からスカウトされちゃったりなんかしてないよな？」

「は？　スカウトですか？　いいえ全く」

「そうか！　それなら良いのだ」

オルブレイが満面の笑みをファビアンに向ける。

実はあまりに北のゴリラここに在り！　と自慢しすぎて、フェリックスの叔父にあたる東方騎士団長のクレイ＝ワイズがファビアンを引き抜きたいと狙っているらしいのだ。

ファビアンは今や北方騎士団になくてはならない存在で、彼がいるからこそ国境付近は平穏でいられる。

北方騎士団にファビアン＝ルーセルという男が在籍しているというだけで、隣国を抑止出来るのだ。

何がなんでも絶対に、この男を逃すまいとオルブレイは心に決めていた。

そして決めなくてはならないことがもう一つ……

ロードリック家には一人娘のランツェしか子どもはいない。

男児が生まれていれば間違いなくその子に爵位を継がせ、同時に騎士団も託せるのだが、後継となる男子がいないのだ。

となるとランツェに婿を取り、その者に継がせる他ない。その入り婿にオルブレイはファビアンをと考えていた。

王都や他の場所であれば、子爵では爵位が低いと異を唱える者もいるだろうが、この北の地でファビアン＝ルーセルでは分不相応と反対する者はいないだろう。

あとは娘のランツェとファビアンの意思を確認するだけなのだが……人生を左右する話なのでゆっくり進めていけばよいと考えていたというのに。

ファビアンの妹がワイズ侯爵家と縁続きになったためにそんな悠長《ゆうちょう》なことを言っていられなくなった。

「ルーセル」

「はい」

オルブレイはファビアンに告げた。

「ウチのランツェの婿になってくれないか？」

「え？」

ファビアンが聞き返すも、オルブレイはニコニコと笑っている。

「……え？」

◇◇◇◇◇

「おい、聞いたか？」

「何を？」

「中隊長の妹さんが北《ここ》に来るんだって」

「へ～どんな女性《ひと》だろ？　美人だといいな～」

「俺もちょっと期待したけどすぐにやめた」

「なんでだよ」

「だって……中隊長の妹さんだぜ？　どうしても抗《あらが》えない血のサダメってヤツがあるだろ」

「なるほど……」

「でも絶対性格は良さそうだよな」

「だな」

「「……ちょっと見物に行くか」」

ファビアンは少し前に見回り班の班長から一個中隊の隊長へと昇格していた。

ランツェとの婚約が確定し、いずれは北方騎士団の全権を統《す》べる者として、順調な走り出しを見せている。

今日は王都から妹一家が遊びに来る日だ。

婚約者のランツェはハノンに会えるのを楽しみにしており、精一杯おもてなしをするのだと張り切って準備してくれている。

「色々と気を遣ってくれてありがとう」

とファビアンが礼を言うと、ランツェは微笑みながら首を横に振った。

「とんでもないですわ。心地良く過ごしていただけたらいいのですが……」

実はランツェは緊張していた。義姉になるとはいえ、自分の方が四つも年下なのだ。

ファビアンの妹なのだからきっといい人だと思ってはいても、もし生意気だとか、年下の癖に姉面するなとか思われたらどうしようだとか、少しだけ心配していたのだ。

「というかなんだお前ら、なんでここにいるんだよ」

ファビアンが振り向いて部下達に目をやる。

「いやぁ、中隊長の妹君にご挨拶をしようと思いまして……」

とか言いつつニマニマしている。

「野次馬か。言っておくが妹は既婚者だぞ。しかも旦那は近衛《このえ》騎士だ。変な気は起こすなよ？」

ファビアンが釘を刺すと、部下達は「いやいやそんな滅相もない」とか「華奢《きゃしゃ》な女性が好みなので」とか何やら口々に言っていた。

「ファビアン様、そろそろお時間ですわよ」

ランツェがそう言うと、ファビアンは転移スポットに視線を移す。それと同時に光の点が見えた。

そして次の瞬間にはそれが広がり魔法陣が現れる。

陣から光の帯が幾重《いくえ》にも立ち上がり、上へと伸びていく。その光の向こうにゆらりとした人影が見えた。

やがて光は消え、円陣の上にハノンとルシアンを抱いたフェリックスが立っていた。転移、無事に終了である。

ファビアンがハノンに声をかけた。

「ハノンっ」

声をかけられ、ハノンもファビアンに気付く。

「お兄様！」

ハノンは嬉しそうに兄の名を呼んだ。結婚式以来の再会である。

「よく来たな。お腹の赤ん坊は順調か？」

「はいおかげ様で。お腹の中で元気に暴れているようです」

「ははっ。母親に似たんだな」

「まぁお兄様ったら」

「ハノン、紹介するよ。こ……婚約者のランツェ……だ」

かなり恥ずかしそうにファビアンがランツェを紹介した。

ランツェは内心緊張しているとは思えない笑顔でハノンに挨拶をする。

「はじめましてハノン様。オルブレイ＝ロードリックの娘、ランツェです。お会い出来るのを楽しみにしておりましたわ」

ハノンも柔らかな笑顔で挨拶を返した。

「はじめまして、ハノン＝ワイズです。ランツェ様、お会い出来て嬉しいです」

二人和《なご》やかに挨拶を交わしている時に、ファビアンの部下達が小声で尋ねてきた。

「ちゅ、中隊長っ……ホントにあの人が妹さんなんですかっ？」

「ん？　そうだが？」

「腹違いとか父親違いとか……」

「何を言う、同腹同父、正真正銘俺の妹だ」

それを聞き部下達は、「ゴリラじゃないっ……」「ゴリラじゃないぞっ」「普通に美人だっ……！」

「誰だよ妹ゴリラ北に出現！　とか言ってたヤツは」などと色々言い合っていた。

「ランツェ様、紹介しますわね。わたしの夫と息子です」

ハノンに紹介され、フェリックスもランツェに挨拶をした。

「はじめましてランツェ嬢。フェリックス＝ワイズです。そして息子のルシアンです」

「はじめましてワイズ卿。そして……あら、それは……」

ランツェがルシアンに視線を向けると、その手に抱かれたゴリラのぬいぐるみが目に付いた。

ハノンがランツェに告げる。

「その節は素敵な贈り物をありがとうございました。この子ったらすっかりぬいぐるみが気に入って、片時も離さないくらいなんですよ。さぁルシアン、ランツェ様にご挨拶しましょうね」

ハノンに促《うなが》され、ルシアンはランツェの方を見てニッコリと笑った。

そして父の腕から降りて、ぬいぐるみを母に渡し、胸に手を当てて騎士の礼を執《と》った。

「はぢめまちて、るちあんでしゅ！」

その瞬間、騎士団敷地内に雷が落ちた。

いやこれまたホントに雷など落ちてはいないのだが、とにかく居合わせた面々は衝撃を受け震撼した。

「は、はわわわっ……！　か、可愛いですわっ！　ち、小さな騎士がここにいますわっ!!」

ランツェが頬に手を当て大興奮でルシアンを見つめている。

ファビアンの部下達も口々に「天使だっ」「いや立派な騎士だっ」などと喚《わめ》いていた。

ハノンが笑いながらファビアンとランツェに説明する。

「以前、結婚のご報告に家族で国王陛下に拝謁してきたの。その時にフェリックスが騎士の礼を執《と》ったのを見て、それ以来、真似ばかりしているのよ」

ファビアンがルシアンに言う。

「ははは！　とてもサマになっていたぞ！　既に俺よりも立派な騎士だっ」

「ぼく、ままのきちなの！」

「ママを守ってくれるんだな、頼もしいなルシアンは」

「きゃわわわっ……きゃわいすぎますわルシアンくんっ……！」

ランツェの目がすっかりハートになっている。

そんなランツェにルシアンはゴリラのぬいぐるみを見せた。

「おぢたんをありがと！」

「おぢたん？」

きょとんとゴリラを見るランツェにハノンが言った。

「ふふ、ぬいぐるみの名前なの。兄によく似てるものね」

「……ぷっ！」

ランツェが思わず噴き出した。それに釣られてそこにいた全員が笑い出し、なんともにぎやかな出会いの場となった。

その後ルシアンはファビアンやフェリックスと共に騎士団敷地内を見学し、行く先々で騎士の礼を執《と》り、ルシアンインパクトを巻き起こした。

そして皆に「るちあん卿」と呼ばれ、小さな騎士になったつもりで満足そうにしていた。

もちろん、国境線上の貢《みつ》ぎ物バナナもたっぷりお腹いっぱい食べたとさ。

◇◇◇◇◇

るちあん卿が父や伯父《おじ》と北方騎士団内を堪能《たんのう》している間、ハノンはランツェと共に温かい部屋でお茶をご馳走になっていた。

「妊娠中だとお聞きしたので、ノンカフェインのお茶にしましたの。お口に合うと良いのですが」

「お心遣い、ありがとうございますランツェ様。とっても美味しいです」

「良かった」

ランツェは安堵していた。ハノンの様子を見る限り、年下の義姉に対する偏見はないようだ。それどころかとても親しみやすく接してくれる。

「ランツェ様のような素敵な方と結婚出来るなんて、お兄様は幸せ者です」

「とんでもない、幸せなのは私の方です！　実は……一目惚れだったんです、初めてお目にかかった時、一瞬で恋に落ちましたわ」

頬を赤く染め、ランツェがはにかみながら言う。それを見て、ハノンは本当に嬉しかった。

「……ずっと、優しいけれど頼りない父の代わりに領地を支え、領民を思って、苦労してきた人なんです。父が急逝《きゅうせい》し結局は領地を手放すことになりましたが、次は借金返済のために身を削って……でも、この地でこんな素敵な方と出会えて、そしてご縁を望んでいただけて……妹としていくら感謝の言葉をお伝えしても足りないくらいです。本当に、本当にありがとうございます」

ハノンはソファーに座ったままだが、ランツェに頭を下げた。

「そんな、頭をお上げくださいハノン様。ファビアン様のような素晴らしい偉丈夫を得て、私ども親子もバーレルの領民達も、そして騎士団の者達皆がこの上なくありがたいと思っているのですからっ……」

「そう言っていただけるなんてますます感謝です。どうか末永く、兄のことをよろしくお願いします」

ハノンはランツェの手を取り、目に涙を浮かべながら微笑んだ。そして……

「お義姉様」

「ハノン様っ……！」

ランツェはハノンの手を握り返し、その手を押し戴《いただ》いて涙を流した。

「こちらそっ……不束者《ふつつかもの》ではありますが末永くよろしくお願いしますっ……」

暖炉に焚《く》べた薪《たきぎ》がパチっと爆《は》ぜる。暖かな部屋の中、温かな気持ちで満たされながら、新たな絆《きずな》で結ばれる義姉妹の姿がそこにあった。

◇◇◇◇◇

アタシはネ、懐《ふところ》が深いというか間口が広いというか、来るものは拒まずというか、とにかく大概の物事や人間をまずは無条件で受け入れるの。

まぁその代わり去るものは追わずだし、コイツは無理と思った人間を切り捨てるのも早いワケ。

だけどその反面、大好き認定しちゃった物事や人間にはとことん執着《しゅうちゃく》しちゃうのよネ。

今、アタシがダーリン以外に執着《しゅうちゃく》してるのは元同僚であり親友のハノンと、その息子のルッシー。ハノンは初見からアタシのことを色眼鏡で見なかったし……アラやだ、なんかイロメガネって
エッチくない？　響きがもうエッチィワ。レンズの色味は絶対ピンクか紫よね。
でも考えみればムラサキもなんかエッチィワ。
ムラムラした先っちょ♡　って感じが……え？　話が逸《そ》れすぎ？　アラいやだ、ゴメンなさいネ。
こんなだからハノンにエロディって呼ばれるのよネ☆
なんの話だったかしら……あ、そうそう、とにかくハノンは偏見とかそんなもの一切なく最初か
らナチュラルにアタシと接してくれたワケ。
ハノンといるとアタシはアタシらしく、そして長年なりたかった理想のアタシでいられるの。
残念なことに今までアタシの周りにはそんな人間いなかったのよネ。
そのハノンの息子のルッシーはマジ天使だし、思わず舐め回したくなるくらい可愛い舌足らずの
お口で「めろりぃたん」って呼んでくれる。もうとにかく究極の癒しネ。
とにかく二人はアタシの人生にとってなくてはならない大切な存在なのヨ。
そんなハノンとルッシーを、突然現れてあっという間に横から掻《か》っ攫《さら》っていったフェリックス＝
ワイズめぇ……樽詰《たるづ》めにして海に沈めてやろうかしら。
まぁ出会いはアッチの方が先だし、何よりハノンはアイツのことを愛しちゃってるし、ルッシー
には父親が必要なのはわかってるから我慢するけどサ。
でもハイレンと王都なんて、そんな物理的な距離は絶対に我慢出来ない。

それなら我慢する必要はないわよネ。

ハノンを追いかけて王都に移住すればいいのヨ。

それを愛するダーリンに言ったら、「キミの好きにすればいい。大工の仕事はどこでも出来るから、付いていくよ」と即答してくれたワ！

さすがはアタシのダーリン！　イチ♡ツだけでなく器もデカい！　人間が出来てるのよネ。

ダーリンはアタシより十歳も年上だから、オトナのユトリでアタシを甘やかしてくれるの。

そしてダーリンは有言実行の男、すぐに王都の大工ギルドへの登録をして準備を整えてくれたワ。

アタシも西方騎士団へ退職届を出し、新人への教育と引き継ぎも無事に終えた。

騎士団の副団長《フクダンチョ》さんが王都の調剤薬局への紹介状も書いてくれたから、移住しても仕事は大丈夫ネ。

住む家も、なんとハノンん家《ち》の近所で、超ボロいけど一軒家を借りることが出来たの。

王城の近くで一等地だけど、ダーリンが大工だと知ると、住みながら家を直してくれるなら普通のアパートくらいの店賃《たなちん》でいいって大家さんが言ってくれたのヨー、ラッキーだワ。

そういえばタナチンもなんかエッチぃわよネ……って、え？　もういいって？　アラやだ残念。

まぁそれはさておき、ダーリンの仕事も家も決まり、やっとこれで王都へ行けるワ。

アタシはハノンに近況報告と引っ越しの日程を手紙で知らせた。

そしたらすぐに返事が来て、妊婦だから引っ越しの手伝いには行けないけど、翌日は夕食《ディナー》に招待したいと書いてあったワ。

モチ行くに決まってるじゃない！

アタシはデッカい文字で「ダクだくの諾！」って書いて返事した。

そうしてやってきたハノン達との再会当日。

やっとハノンとルッシーに会える!!

さぁ！　いざ参らん！　親友の家へ!!

突撃！　近所の晩ごはん!!

◇◇◇◇◇

「ハァ〜イ！　ハノン！　お久《ひさ》〜っ！」

昨日、王都へ移住してきたハノンの元同僚で親友のメロディ＝フレゲがワイズ家へとやってきた。

歓迎会も兼ねて、ハノンが夕食に招いたのだ。

妊娠してからは一人、壮年のメイドを雇い入れて家事を手伝ってもらっているので体に負担はない。

むしろ適度に動かないといけないくらいだ。

料理はハノンが作り、配膳や片付けなどはメイドのマヤに任せた。

メロディは相変わらずパワフルでハートフルで、ハノンに活力を与えてくれる。

王都の人は皆お上品だから、久しぶりなこの感じがハノンは堪《たま》らなく嬉しかった。

「メロディ！　会いたかったわ！　本当に移住してくれるなんて思わなかった、嬉しい！」

ハノンがメロディとハグし合いながら言うと、「アタシは一度口に出したことは必ず実現させるオンナなのヨ」とメロディがウィンクをしつつ答えた。

「ふふ。そうね、あなたはそういうオンナだったわ。ダンノさんもいらっしゃい。ようこそおいでくださいました」

ハノンがメロディのパートナーであるダンノに声をかけると、ダンノは笑顔で頷く。

「お久しぶりです、ハノンさん。今日はお招きありがとう」

とだけ言って、あとは終始微笑みを浮かべていた。

生来、無口な質《たち》の上、あまり喋るのが得意ではないそうだ。それでも言うべきことは言うし、決して無駄口は叩かないし、悪口は言わない。

誠実で職人らしいこの男の気性をハノンは好ましく思っていた。

その時、ルシアンが飛び込んでくる。

「めろりぃたん！」

名を呼びながら、ルシアンはメロディの太ももにしがみついた。それを見てメロディが破顔する。

「っルッシー!!　我が至上最高の天使っ!!　会いたかった！　会いたかったワっ!!」

そう言って二人、抱きしめ合った。抱きしめ合っていると言うよりは、大柄なメロディがルシアンという人形を抱きしめている……といった光景だが。

「あぁ……ホントに相変わらず頭から丸呑みしたいくらいに可愛いわねルッシー！　少し会わない

間に大きくなったんじゃない？」

「ぼく、おにぃたんになるもん！」

「そうだったわネ、ルッシーってばお兄ちゃんになるんだったわネ。全くフェリックス＝ワイズめ、アタシのハノンにオイタしやがってぇ……」

「おいた？」

「アラやだ、なんでもないのヨ。楽しみよネ、弟かな？　妹かな？　どちらにしても天使なのは変わりないわネ」

まだ見ぬ赤子を想像してウットリとするメロディに、ルシアンは告げた。

「いもーとだよ」

「へ？　そんなことわかるの？　さすが王都の医療魔術師は凄いのネー！」

と感心するメロディにハノンが説明した。

「違うのよ。本当は性別がどちらかなんてわかっていないの。でもルシアンはずっと女の子だと言っているのよ」

「へ～同腹だからこそわかる何かがあるのかもね」

「もし本当に女の子だったら凄いわよね」

その時、玄関の扉が開く。フェリックスが今日の勤めを終えて帰宅したのだ。その姿を確認して、メロディが言った。

「アラ、お久しぶりネ、フェリックス様。お邪魔してますぅ～」

「なんとか夕食前に間に合ったようだ。いらっしゃいメロディさん、そしてはじめましてダンノさん、フェリックス＝ワイズです」

「はじめまして、ワイズ卿」

フェリックスとダンノが握手を交わす。

「どうかお気になさらず、フェリックスと」

「ではフェリックス様。お邪魔しております」

「さぁ、いつまでも玄関先で話してるなんておかしいわね。どうぞダイニングへ。すぐに食事にするわ、お願いねマヤ」

「はい奥様」

マヤは軽くお辞儀をしてキッチンへと入っていった。

「いやんハノン！　奥様だって！　オクサマってなんかエッチぃわよね」

「どこがよ。もう、エロディさんたら相変わらずね」

そう軽口を言いつつテーブルへと向かう。

その後は皆でワイワイ、大いに食べて飲んで楽しいひと時を過ごした。

ルシアンはお腹いっぱい食べて寝落ちしてしまったので、フェリックスにルシアンを寝室へと運んでもらう。

食後のお茶を飲みながら、メロディが言った。

「幸せそうで良かったワ。ホントは悔しいから認めたくないけど、アンタ達はまさに運命の相手同士だったワケネ」

「運命の相手か……なんか照れ臭いけど、自分でもそう思う」

「うわっ、ノロけやがって」

「ふふ。でもメロディ、あなたはわたしの運命の友人よ」

「ハノン……」

「これからもずっと友達でいてね」

「バノンっ〜〜〜!!」

メロディが滝のような涙を流す。

兄と離れ一人、仕事を抱えながら出産と育児を頑張ってこられたのは、この心優しい友人が支えてくれたからだ。

ハノンは心からメロディ＝フレゲという友人に感謝している。


二人はその後も何十年という時を友人として過ごした。

「アタシはダーリンと一緒にお墓に入るけど、そのお隣さんはハノンのお墓じゃないとイヤよ」

というのが晩年の彼女の口癖であったという。

そして享年《きょうねん》百八、煩悩の数だけ生きたメロディ姐《ねえ》さんの墓石には、『ダンノとハノンの愛するメロディ、ここに眠る』と刻まれたそうだ。

◇◇◇◇◇

ワイズ侯爵家には次期当主となる嫡男ヴィクトルの息子が二人いる。

長男のキースと次男のバスターだ。二人は一卵性の双子であった。

ワイズ侯爵家特有の銀髪に赤い瞳を持つ上に一卵性双生児ということもあり、幼い頃は両親でさえその見分けが付かなかったという。

十三歳になり、それぞれ性格に由来して多少の変化が生じてきたため、そこまで見分けるのが難しいということはなくなったが、髪型と服装を同じにすれば未だに全く見分けが付かないほどそっくりな兄弟であった。

長男のキースは剣術の才能があり、体を動かすのが好きな武官タイプ。

次男のバスターは本が大好きで、研究者気質の文官タイプ。

性質は真逆な二人だったが、互いを自身の半身としてとても大切にし合っていた。

そんな二人が今、夢中になっている者がいる。

思春期だから可愛い令嬢かな？　と思いきや、実はそうではない。

少し前に叔父の息子として侯爵家にやってきた、従兄弟《いとこ》のルシアン三歳《さんしゃい》である。

とにかくこの年の離れた小さな従兄弟《いとこ》は、思春期に突入した少年の複雑なハートを鷲掴《わしづか》みにするほど可愛い奴なのだ。

舌足らずの口で「きーしゅ」「ばしゅたー」と呼ばれると、堪《たま》らなく可愛い。

しかもこのルシアン、親でも時々見分けが付かない双子を完璧に間違えることなく言い当てるのだ。

キースとバスターはそれが面白くて、よく髪型も服装も全く同じにしてルシアンの前に現れた。

「ルー、俺は誰だ?」

キースが問う。

「きーしゅ!」

「ホントに? ルー、じゃあ俺は?」

「ばしゅたー」

「『間違いないか?』」

「うん!」

そう頷いてルシアンは双子にしがみついた。

「~~~っ正解っ!! ルーは凄いな! 天才だっ」

「ルーは賢いっ!」

と言いながら双子は小さな従兄弟《いとこ》を褒め称え、ルシアンがヘトヘトに疲れておねむになってしまうまで一緒に遊んであげるのだった。

まだ小さなルシアンは、灯りが消えたように突然寝落ちする。

それを見て双子は大笑いするも、ルシアンを挟んで共に昼寝をするのだ。

その様子を双子の母であるベネットが遠くから眺めてポツリと呟く。

「普段は随分と生意気になってきたのに、ルシアンちゃんと一緒にいるとまだまだ子どもね……果たして、遊んでもらってるのはどっちかしらね」

兎《と》にも角《かく》にも、ワイズ侯爵家は今日も平和であった。


それからしばらく経ったある日のことであった。

魔術学園の下位スクールである中等学園に通っているキースとバスターは、放課後いつものように迎えに来た侯爵家の馬車に揺られていた。

窓の外をぼんやりと眺めていたキースが慌てて馭者《ぎょしゃ》に馬車を止めるよう懇願《こんがん》した。

「ちょっ……!? 止めて!! 今すぐ馬車を止めてくれっ!!」

突然のことに驚くも、馭者《ぎょしゃ》は停車出来るところをすぐに捜した。

そして馬車がもうすぐ静止するという直前、待ちきれぬといった様子でキースが馬車を飛び出した。

「キースっ!?」

双子の弟バスターが驚愕してキースを見た。しかしキースは大声で呼び止めるバスターの声に構わず一直線にどこかへと走っていく。

「ッチ……!」

仕方なくバスターもすぐにキースの後を追った。

「あぁ……! 坊ちゃん達っ!!」

狼狽《うろた》える馭者《ぎょしゃ》の声が二人の背中を追うように聞こえたが、今はそれどころではなかった。

そして馬車の中から何かを見つけた先に向かっていたキースが、大声を上げて叫んだ。

「おいお前っ!! ルシアンをどこへ連れ去るつもりだっ!!」

その言葉を聞き、バスターは目を見張った。

(何!? ルシアン!? キースは今、ルシアンと言ったのかっ!?)

それもどこへ連れ去るのか、と。

バスターはさらに走る速度を上げて兄の元へと行った。

そして何者かと対峙するキースの隣に並び立ち、護身用にと父から渡されたダガーに手をかける。

キースとバスターは目の前にいる相手を睨み付け、威嚇《いかく》した。

その者は自分達の従弟であるルシアンを片方の脇に抱えていたのだ。

ルシアンはキースとバスターにおちりを向けて抱えられている。

ズボンのおちりにアップリケされているクマがこちらに向かって笑っていた。

「俺達の従兄弟《いとこ》をどこへ連れていく気だっ!?」

「さては貴様、誘拐犯だなっ!? 女に変装しても無駄だぞっ! ルシアンを放せっ!!」

キースとバスターが口々に言う。

すると目の前の相手が眉間に皺《しわ》を刻んで言い返してきた。

「変装じゃないわヨ、このクソガキどもがぁっ!! 女に変装してんじゃなくてアタシはオンナなのよっ!!」

確かに男にしては化粧映えのする綺麗な顔をしているが、瘦身《そうしん》なれどそのガタイは紛《まぎ》れもなく男である。

キースとバスターは不可解極まれり、といった顔をしていた。

バスターがその女のような男、男のような女？　を睨みつけた。

「この際アンタが男だろうが女だろうがどうでもいい」

「良かぁないわヨ！　ションベン垂れ小僧っ」

「今すぐルシアンをこちらに返せっ、誘拐犯め！」

途中横槍を入れられながらもバスターがそう言うと、目の前の奇怪な相手が大きくため息を吐いた。

「今までの暴言から察するに、アンタ達はワイズ侯爵家のガキんちょどもネ」

「「それがどうしたっ」」

二人同時に声が重なったキースとバスターを見て、相手は途端に破顔した。

「やだシンクロ!!　息ぴったり！　さすがは双子ネ！　ハノンが言ってた通りだわっ！」

「は？　なんだお前は……ハノン義叔母《おば》さん？　お前、ハノン義叔母さんを知ってるのか？」

キースがそう訊いたその時、脇に抱えられていたルシアンが顔をこちらに向けて二人の名を呼んだ。

「あ！　きーしゅ！　ばしゅたー！」

「「ルー！」」

「ぷ☆　またシンクロしてる♪」

奇怪な人物はそう言ってそっとルシアンを降ろした。

地に足が着くなりルシアンはキースとバスターに駆け寄った。

「きーしゅ、ばしゅたー」

「ルー！　良かった無事でっ、どこも痛くないか？　酷いことはされてないかっ？」

「可哀想に怖かっただろ？　俺達が来たからにはもう安心だからなっ」

「うん？」

口々に言う双子をルシアンは不思議そうに見ていた。

そしてキースは誘拐犯と見られる相手に言い放つ。

「おいお前っ！　ルシアンをどこに連れていくつもりだったんだっ」

声を荒らげるキースに、ルシアンは言った。

「めろりぃたんだよ」

「へ？」

「めろりぃたん、おしゃんぽしてた」

「お、お散歩？」

はて、めろりぃとは？　散歩してたとはどういうことだ？

双子は状況が呑み込めず唖然《あぜん》としている。

それを見て、ルシアンに「めろりぃたん」と呼ばれた相手がばちん☆　と音がしそうなウインクをしながら言った。

「ハァイ、ワイズの双子ちゃん♡　アタシはメロディ。ルシアンの母親、ハノンのマブダチよ♪ヨロチクビ♡」

「マブダチ……親友？」

「ふふふ、そう。やっとわかってくれたみたいね。身重のハノンの代わりに時々ルッシーとこうやって散歩に出かけンのヨ♡」

「さ、散歩ならなんで小脇に抱えてたんだよっ」

まだ納得がいかない様子のバスターが問い詰めた。あれではどう見ても誘拐に見え、誰もが誤解するはずだ。

するとメロディはあっけらかんと答えた。

「ルッシーがああやって運ばれるのが好きだからヨ」

「好きっ？　ルシアン、あんな荷物みたい運ばれるのが好きなのかっ？」

キースに問われ、ルシアンは満面の笑みで答えた。

「うん！　たのちぃ！」

「そんな……ま……紛らわしいんだよぉぉ……」

誘拐ではなかったと知り、緊張が解けたのかキースとバスターがその場に頽《くずお》れた。

そんな双子を見てメロディは笑った。

「ぷぷ……！　双子ちゅわん達、かぁわいっ♡　仕方ないなぁ、お姐《ねえ》サマが運んでア・ゲ・ル♡」

そうして今度はキースとバスターがメロディによりそれぞれ小脇に抱えられた。

「どっせい、どっせい、うぅんもう！　ムダに重いわねぇ☆」

と言いながらも軽々と馬車まで運ばれ、見た目とは裏腹な……そうでもないようなメロディの力強さに、キースもバスターもハートを鷲掴《わしづか》みにされたという。

以降、二人はメロディを慕《した》い、悩みがあれば相談し、酒の飲み方から吐き方まで、学校やマナー講師では教えてもらえない数々のことを教わった。

そしていずれは彼らの妻も、この頼もしい姐御《あねご》の世話になるのであった。

◇◇◇◇◇

「バナナはオヤツにもなるし軽食にもなる」

バナナはオヤツに入るかという部下の質問に、ファビアンはそう答えた。

「マジっすか、バナナ最強じゃないっすか」

「最強かどうかは知らんが、こう毎回国境にバナナを置かれても困る。こんな高級品を貰い続ける訳にもいかんし、野生動物を引き寄せて周辺の住民に害が及ぶかもしれん」

ファビアンはそう言い、低木の陰に身を低くして国境付近の様子を窺《うかが》っていた。

今日こそはバナナを置き去る人物を特定し、もうこんなことはやめるように告げるためだ。

「まぁ最初は月に一度くらいだったバナナの奉納が、最近では週イチになってますもんね」

「しっ！」

ファビアンが部下の言葉を遮《さえぎ》った。

人の気配を感じたのだ。数騎の蹄《ひずめ》の音も聞こえる。ボディランゲージで他の部下達にも合図を送った。

今や一個中隊を預かるファビアンだが、こうしたちょっとした見回りには以前班長を務めた見回り班の班員を連れていくことが多いのだ。

ファビアンとその部下達が、気配を殺して国境線上の貢《みつ》ぎ物ポイントを注視する。

すると馬に乗った数名の人間がやってきて、国境線の直前で下馬した。

数にして五名。うち一人はとても小柄な人間だった。

身に着けているものから見ても、高位な家の女性か、あるいは少年であろう。

まぁ服装からして後者であるのは間違いないと思うが。その小柄な人物が何やら取り出した。

そして魔術により見えない膜のような結界が張られた国境線の向こう側から手を伸ばし、こちら側にその何かを投げ入れたのだ。

その投げ入れられた何かは……バナナであった。

「ちょっと待ったぁぁー!!」

ファビアンのバカでかい声が国境線辺りに響き渡る。

バナナを投げ入れた主はビクリと飛び上がり、目を大きく見開いて国境線に向かってくるファビアン達アデリオール側の騎士を見ていた。

それを受け、隣国側の騎士達もバナナを置いた主の元へと駆けつける。

見えない膜のような国境の壁を挟み、両者が向かい合おうとしたその瞬間、ファビアンの怒号がまたまた辺りに響き渡った。

「食べ物を粗末にするんじゃありませーんっ!!」

「ふふふ！　それじゃあ今までバナナを国境線のところに置いていたのは隣国の高位貴族の令息だったのですね」

コロコロと鈴を転がすような声でファビアンの婚約者のランツェが笑った。

「はい。なんでも国境付近の小競り合いでの私の話を兄君から聞いたらしく、憧れを抱いてくれたとかで……」

ファビアンが困った顔で頭を掻きながら答えた。

国境にバナナを置き……もとい投げ入れ続けていたのは、まだ十三歳の隣国の侯爵家の令息だった。

すべてが凍る永久凍土の北国で、銀色のマントを翻《ひるがえ》し戦うファビアンの勇ましい姿を、隣国の騎士達は『雪原のシルバーバック』と呼んで畏怖《いふ》しながらも崇《あが》めているのだとか。

その勇姿を兄から聞いた少年が、何度か覗きに訪れた国境付近でファビアン《本人》を目の当《まあ》たりにし、完全に心を鷲掴《わしづか》みにされたというのだ。

それから憧れの英雄に何か贈り物をしたいと思うようになったのだとか。

そしてゴリラといえばバナナだろうと、わざわざ南国からバナナを取り寄せ国境に投げ入れていたという訳らしい。

「それでその後どうなさったの？」

「バナナを置き去るのも、ましてや食べ物を投げ入れるようなことはもうしないでほしいと頼んだよ」

「そうしたら向こうはなんと？」

「なぜいけないのかわからないというような顔をしながらも、渋々了承してくれた」

「まぁ、ふふ。でもホント、口にするものを投げてはいけませんわね」

「全くだ。まぁこれで、国境付近に食べ物が置き去りにされることもないだろう。部下達は少し残念がっていたけどな」

「アラ、どうしてですの？」

「高級フルーツが食べられなくなったからだそうだ」

「まぁ！　うふふ！」

ランツェの笑い声を聞きながら、ファビアンは暖炉に薪《たきぎ》を焚《く》べた。

ファビアンはランツェの笑い方が好きだと思った。

屈託《くったく》なく、相手に何も阿《おもね》ることのない自然体な笑い声だ。

それはとても耳に心地良く響いた。そして心にも。

夕食後の穏やかなひと時、二人でお茶を飲むのがすっかり習慣になった。

温かい部屋で今日あった出来事を語り合う。

ゆっくりと、だが確かな歩みでファビアンとランツェは互いに絆《きずな》を深めつつある。

結婚式は来年の春の予定だ。

その日が待ち遠しいと、ファビアンは心から思った。


結果、バナナの貢《みつ》ぎ物がなくなったかというと……そうはならなかった。

国境付近に置くのではなく、直接騎士団に送りつけてくるようになったのだ。

「…………」

箱詰めされたバナナを見て、ファビアンがため息を吐く。

部下の一人がファビアンに言った。

「まぁいいじゃないですか！　向こうはやりたくてやってる訳ですから、ありがたく頂いておきましょうよ！」

「そうは言ってもお前なぁ……」

「いつまでも続きませんって、カッコいい大人の漢《おとこ》への少年の憧れ！　受け止めてあげてください！　ではこのバナナ、いつも通り今日の夜番の者で分けさせてもらいますね～♪」

そう言って部下は嬉々としてバナナを携《たずさ》えて去っていった。

その後ろ姿を見送った後にファビアンはバナナと共に入っていたメッセージカードに目を落とす。

『敬愛する雪原のシルバーバック殿へ　ご婚約おめでとうございます』

それを見てファビアンはまた小さくため息を吐きつつも微笑んだ。

「ありがとう、隣国の小さな友人よ」

今度何か返礼品を贈ることにしよう。品物は何がいいか。

夕食後にランツェに相談しよう、ファビアンはそう思いながら、メッセージカードをポケットにしまった。

◇◇◇◇◇

「ぱぱ、おきて」

「うーん……ルシー……『おちて』とは言わないのか……？」

「ぱぱ、ぼくもう四しゃいだよ？」

「……」

その割にはまだ〃サ行〃はちゃんと言えないようだ。

「ぱぱ、ままがおなかいたいって」

「!!」

ルシアンの言葉を聞き、フェリックスはもの凄い勢いで起き上がった。

「ママはどこだっ？」

「ままのおへや」

「ハノン!!」

フェリックスはルシアンを抱き上げ、急ぎワイズ侯爵家での出産のためにハノンに用意された部屋へと急いだ。

臨月に入る直前に、ハノン達家族は出産に備えてフェリックスの実家であるワイズ侯爵家に滞在していた。

まだ幼いルシアンのためと、産前産後のハノンに無理をさせないためである。

寝癖もそのままにハノンの部屋に駆け込んだフェリックスを見て、母のアメリアがため息を吐いた。

「なんですかそのだらしない格好は。慌てなくてもそんなすぐには生まれません。ちゃんと身なりを整えてから出直してきなさい」

「しかし母上っ……」

「フェリックス」

母に何か言おうとしたフェリックスの耳に最愛の妻の声が届く。

部屋の奥を見ると、ベッドの上でクッションを背もたれにして座るハノンの姿があった。

「っハノン……!」

フェリックスはルシアンを抱いたまま、妻の元へと駆け寄る。

ハノンはフェリックスの寝癖を撫で付けながら微笑んだ。

「ふふ。今日も見事な芸術作品ですこと」

「ハノン、大丈夫か？　辛くはないか？　何か俺に出来ることはないか？」

「そうね、まずは落ち着いてもらおうかしら？　そんなに心配しなくても大丈夫よ。お産は二度目だし、お義母様とお義姉様が付いていてくださってるんだもの」

そうだ。ルシアンの時はメロディと二人だけだった。

生活のため、出産ギリギリまで働いていたハノンだったが、予定日よりも早く陣痛が始まってそのまま騎士団の医務室で生んだのだ。

他のお産を診《み》ていた産科の医療魔術師も間に合わないくらいお産の進行が早く、騎士団の医療魔術師とメロディとでルシアンを取り上げてもらったのだった。

アレを経験しているのである、万全の体制を敷いてくれているワイズ侯爵家での出産に、なんの憂《うれ》いがあろうか。

「わたしは大丈夫だから、あなたは顔を洗って、ちゃんと朝食を食べてきてね」

フェリックスの寝癖を直しながら言うハノンの顔を、ルシアンが心配そうに覗き込む。

「まま……だいじょぶ？」

「大丈夫よルシアン。パパやおじい様の言うことをよく聞いて、お利口《りこう》さんにしていてね」

「うん、ぼくおりこうしゃんにしゅる！　ぼくおにーしゃんだもん！」

「そうね、もうすぐ赤ちゃんに会えるわよ。待って、ねっ……」

「まま？」

「ハノンっ」

次の陣痛が始まったハノンを見て、アメリアがフェリックスに言う。

「はい、そこまでよ。ここからは男子禁制です。隣室でお待ちなさい」

「……わかりました。母上、義姉上、どうかハノンをよろしくお願いします」

そう言ってフェリックスは最後にハノンの額にキスを落とし、「愛してる」と告げて退室していった。

顔を洗い、身支度を整え、軽く朝食を食べ終えて待機用の部屋へ行くと、既に待ちきれない様子の父と、ちょうど非番の兄がいた。

父を見つけてルシアンが走り寄る。

「おじぃしゃまっ」

「おぉ～ルシアン！　可愛い天使よ！」

滞在して一週間、毎日顔を合わせるたびにコレである。

父はすぐさま、標準装備であるかのように自身の膝の上へとルシアンを装着した。

「ルシアン、もうすぐ弟か妹に会えるぞ、楽しみだな」

父のアルドンがそう声をかけると、ルシアンはきっぱりと言い切る。

「いもーとだよ、ぼくのいもーと！」

「え？」

目を丸くするアルドンに、フェリックスが説明した。

「どちらが生まれてくるのか、ルシアンにはわかっているようなのです」

「ホントか！　凄いなルシアンは！」

アルドンが感心しながらルシアンの頭を撫でたその時、俄《にわか》に隣室が騒がしくなった。

「!!」

フェリックスが血相を変えて隣へ行こうとするのを兄のヴィクトルが慌てて止めた。

「待てフェリックスっ、行ってどうする、邪魔になるだけだぞっ」

「でもっ……」

「こういう時、俺達男は役に立てない。ただ無事に出産を終えるのを祈るだけだ」

自身の経験から言うのだろう、フェリックスは兄のアドバイスを素直に聞くことにした。

それからどれくらい時が経ったのか、待ちくたびれてルシアンはソファーで寝てしまった。

先ほどから隣室より微《かす》かだが女性陣の声がする。その中に悲鳴とも呻《うめ》き声ともつかぬハノンの声が交じっていた。

（ハノン……頑張れっ、頑張れっ……！）

そして一際大きなハノンの声が聞こえたと思った次の瞬間、急に隣室が静かになった。

「……!?」

何か起こったのか？　ハノンは、赤ん坊は大丈夫なのか？　フェリックスは拳を握りしめた。

その時、隣から元気そうな赤ん坊の声が聞こえた。

「!!」

フェリックスが椅子から立ち上がる。

「フェリックス！」

アルドンが真剣な顔で扉を見つめる息子の名を呼んだ。

ややあって、フェリックスが黙って見据《す》える隣室へと繋がる扉が開き、目に涙を浮かべた母のアメリアが入ってきた。

「母上っ……」

「フェリックス、おめでとう。この上なく愛らしい女の子が生まれたわ」

「ハノンは、彼女は無事ですか？」

「ハノンさんは無事よ。さすがは経産婦ね、とてもスムーズなお産だったわ。ハノンさんと赤ちゃんの顔を見る？」

アメリアに尋ねられ、フェリックスは何度も首を縦に振った。

「も、もちろんですっ……ルシアン！」

フェリックスはルシアンの元へ行き、そっと声をかける。

「ルシー……ママのところへ行こう。ルシーの言った通り、女の子だそうだよ」

「いもーと……ままは？」

「おいで」

フェリックスはルシアンを抱き上げてハノンのいる部屋へと入っていった。

ベッドの上には疲労困憊《ひろうこんぱい》ながらも満ち足りた顔をしたハノンと、その隣には……

生まれたばかりとは思えないほど艶々《つやつや》とふっくらした可愛らしい赤ん坊が眠っていた。

髪色はベージュブロンド。

母親のハノン譲りだった。目は閉じられているので何色の瞳かはわからない。

フェリックスは静かにハノンの元へと歩み寄り、声をかけた。

「ハノン」

「フェリックス、ルシー、女の子よ。可愛い、本当に可愛い女の子よ」

フェリックスは赤ん坊の頬に指の背で触れる。

「温かい……はじめまして、パパだよ……」

フェリックスの瞳に涙が浮かんだ。

ルシアンもその小さな手で赤ん坊の頭にそっと触れた。

「ぼくのいもーと……かわいい……」

そう言ってちゅっと妹の頬にキスをした。

その瞬間、赤ん坊の目がゆっくり開く。

「「「!!」」」

フェリックスを始め、家族全員が息を呑む。赤ん坊の瞳は、ルビーのように輝く赤い色だった。

生まれたてとは思えないほどしっかりと開かれた瞳に皆が釘付けになった。

その時、赤ん坊がふぁぁとあくびをする。

「「「!!」」」

それを皆が目撃した瞬間、ワイズ侯爵家に雷が落ちた。

〜〜〜以下中略☆〜〜〜

ワイズ侯爵家久しぶりの女児誕生というだけではなく、生まれた赤ん坊の天使のような愛くるしさを皆が嬉々として褒め称えた。

「こんな可愛い赤ん坊は見たことがないわっ！」

「きっとルシアンもこんな感じだったんだろうなっ！」

「天使……いや花の妖精っ？　どっち⁉」

「花の天使だ‼」

「花の精霊かもしれん‼」

興奮しすぎてもはや自分達も何を言っているのかわからなくなっていそうだ。

その後も感嘆の声を上げ続け、ついでに義父母の血圧も上がり続けたので、とりあえずは初乳を飲ませるからという口実で皆には部屋を出てもらった。

部屋にはハノンとフェリックスと子ども達だけが残る。

娘の不器用ながらも懸命に乳を口に含む姿に、フェリックスはまた涙した。

そしてハノンに、「ありがとう……ハノン、本当にありがとう」と何度も告げた。

ルシアンは早くもお兄ちゃんの顔をして、生まれてきた妹を一心に見つめている。

「ふふふ」

ハノンは今、心から幸せだった。

フェリックスは娘にポレットと名付けた。

◇◇◇◇◇

「ポレットちゅわわ～ん！　メロディちゃんでちゅヨ～！　はじめまちてよろちくび～！」

出産から一週間後に、メロディと兄のファビアンが同時に会いに来てくれた。

メロディがメロメロになりながらポレットを抱いている。

「可愛いわ可愛いわ可愛いわっ～～!!　さすがはハノンの子ネっ！」

メロディはうっとりしてポレットを褒め称えている。

それを笑いつつ見ていたハノンにファビアンが話しかけた。

「とにかく母子共に無事で良かったよ。可愛い姪っ子に会わせてくれてありがとうな、ハノン」

「お兄様こそ騎士団のお仕事に加え、結婚式の準備で色々と忙しいのに会いに来てくれてありがとう」

「いや、式に関しては忙しいのはランツェだよ。俺はなんの役にも立たんのが申し訳ないくらいだ」

「まぁ、ふふ。ランツェ様のウェディングドレス姿、さぞお美しいでしょうね。式にはポレットを連れて必ず参列しますからね」

「無理はするなよ」

「無理だなんて。大切な兄の一世一代の晴れ姿をこの目で見なくてどうするの」

ハノンが意気込むとファビアンは照れくさそうにしながらも微笑んだ。

「ハイ！　おニィ様、お先に抱かせてもらってゴメンなさいネ。ポレットちゅわんですヨ〜♡」

メロディがそう言ってファビアンにポレットを渡した。

ファビアンは恐る恐る赤ん坊を抱く。

「ルシアンの時も思ったけど、小さくて潰してしまいそうだ……」

そして慈愛に満ちた目でポレットを見つめる。ポレットもまださほど視力はないにもかかわらず、じっと自分の伯父《おじ》の顔を見つめていた。

ファビアンが優しい声でポレットに語りかける。

「生まれてきてくれてありがとうな、ポレット」

ハノンは涙した。ルシアンが生まれた時にも言ってくれた言葉だ。

（お兄様の妹に生まれて良かった……）

何度思ったかわからない気持ちを、ハノンは心の中で噛みしめた。

「おぢたん、ぼくもぽれっとだっこしゅる〜」

ルシアンがおじたんにおねだりした。

「え？　大丈夫か？　落とさないか？」

ファビアンが心配そうにするも、ハノンはなんでもないように言った。

「ベッドの上なら抱っこしてもいいと言ってるの。ルシーも慣れてるから大丈夫よ。もしかしたら、お兄様より上手に抱っこするかも」

「凄いな……」

既にベッドの上に上がり、ハノンの隣で手を広げて待つルシアン。

ファビアンはポレットをルシアンが抱きやすいようにそっと渡した。

「ぽれっと」

小さなお兄ちゃんが小さな妹を大切そうに抱える。

「ぼくのいもーと」

「ちょっ……イヤだ！　ナニこの光景⁉　まるで宗教画っ⁉　尊いっ‼　聖《ひじり》だわ～‼」

メロディが大喜びでハノンの子ども達を見つめる。

ルシアンは母や父を見るのとはまた違う目で、妹を見つめていた。

「ぼくがまもるからね、ぽれっと」

ファビアンもルシアンとポレットの様子を見て涙ぐんでいた。

「ふぐっ……！　美しい兄妹愛だっ……お兄ちゃんとハノンと一緒だなっ」

兄にタオルを渡しながらハノンが言う。

「お兄様ったら泣かないで」

「ハノン……子どもというのは本当に純粋でいいな……」

ファビアンがそう言うとメロディがニヤリと含み笑いをした。

「そんなコト言って、おニィ様んところもすぐに可愛いベビーちゅわんがデキますわよぅ♡　それとも既にデキてたりして？　イヤーーン♡」

「エ」

「〝エ〟？」

自分の発言にぎくりとした様子のファビアンを見てメロディが反応した。

「ヤダ♡　もしかしおニィ様ったら……」

メロディがナニかを察してナニかを告げようとしたその時、ルシアンがファビアンの服の裾を小さく引っ張り、そして言った。

「おんなのこのちょうちょさん、おじしゃんのとこにいくっていってた！」

「ん？　女の子の蝶々さん？」

ルシアンの言葉に状況を掴めないファビアンに、ハノンが説明する。

「先日、ルシアンが夢を見たと言っていたの」

「夢？」

ファビアンが訊き返すとハノンは頷いた。

「青い羽の蝶がお兄様のいる北方へ飛んでいく夢を見たそうなの。ルシアンはその蝶が女の子だって言っていたわ」

「青い羽の蝶……女の子……」

ファビアンが反芻《はんすう》するように呟いた。

予感めいたものがあったのか自覚することがあったのか、ファビアンはそれ以上何も言わなかった。

ハノンも同じく何か予感めいたものを感じていたので、それ以上はこの話は続けなかった。

メロディは「意外と手が早いのネおニィ様♡」とニヤニヤしていたが。


そしてそれから幾日が経ち、兄から手紙が届く。

そこにやはりランツェが懐妊《かいにん》していたと綴《つづ》られていた。

運良く悪阻《つわり》は全くないとのことで、式は予定通りの日程で行われるそうだ。

ハノン達夫婦も結婚式を挙げる前に子どもが出来ていたのだから何も言うまい……

それにしてもルシアンには不思議な力があるのだろうか。

魔力を持つ者には子どもの時分にだけ現れる天啓《ギフト》があると聞くが、今回のルシアンの予知夢ともとれる力はそれなのかもしれない。

ルシアンは青い蝶は黒髪の女の子になったと言っていた。

もし生まれた兄の子が女の子で、黒髪で青い瞳を持っていたのなら、この話を兄とランツェに聞かせてあげよう。

そう思ったハノンであった。


その日、ハノンは生後三ヶ月となったポレットを連れて王宮へと来ていた。

夫フェリックスの忘れ物を届けに来たのだ。

ルシアンは祖父のアルドンに初めて剣術の指南を受けることとなりワイズ侯爵家へと行っている。まだ四歳なので体の基礎訓練から始めるのだとフェリックスは言っていたが、ルシアン本人は今日から剣を振れるものと思い込んでいる節があった。

(がっかりして帰ってこなければいいけれど……でもきっとお義父様なら上手く扱ってくださるわ)

二人の息子はもちろん、嫡男ヴィクトルの息子である双子のキースとバスターの剣技もアルドンが指南したというのだ。子どもの扱いは手慣れたものだろう。

ハノンはそう思いながら抱っこしているポレットと共に王宮内を進んでいた。乳母車は王宮内には入れないため、門衛に預けてある。

近衛《このえ》騎士の詰め所で受付を済ませ、フェリックスへの取次ぎを申請する。

あのフェリックス＝ワイズの妻としてハノンは近衛《このえ》騎士達の間ではちょっとした有名人になっているらしく、ほぼ顔パスで取り次いでもらえた。

が、フェリックスはただ今警護体制強化のための会議に出ているという。

仕方ないので会議が終わったら渡してもらえるよう、取り次いでくれた若い騎士に忘れ物の書類を渡した。

若い騎士はなぜか頬を染めてハノンから書類を受け取っていたが、どうかしたのだろうか。

(……もしかして届けた書類って、今出席している会議に必要だったんじゃないかしら？　もっと早くに届ければ良かったわね)

そんなことを考えながら今度は帰るために王宮内をひた歩く。

すると後ろからふいに壮年の侍女に声をかけられた。

「突然お声がけをして申し訳ございません。失礼ですが近衛《このえ》騎士フェリックス＝ワイズ卿の奥方様でいらっしゃいますか？」

「え……？　ええはい、フェリックスはわたしの夫ですが……」

ハノンは振り返り、その侍女に向き合った。

壮年の侍女は、他の侍女とは違う高位の使用人である証のお仕着せを身に着けている。

そのことから、この侍女が王族に仕える侍女なのだということがわかった。

ハノンの返答に侍女はお辞儀をして礼を執《と》った。

「申し遅れました、わたくしは王太子妃ルゼフィーヌ殿下にお仕えしておりますアデラと申します」

「王太子妃殿下の……」

王太子妃ルゼフィーヌといえば夫フェリックスの主君にして友人のクリフォードの正妃だ。

ハノンはアデラと名乗った侍女に訊ねた。

「左様《さよう》でございましたか。あの……それでわたしに何か……？」

「ワイズ卿夫人が王宮にお見えになったと聞き、妃殿下がぜひお会いしたいと仰っています。いかがでございましょう？　夫人はこの後何かご予定がございますでしょうか？」

「妃殿下が……」

ご予定がございましたとしても、そのようなやんごとなきお方からのお誘いを断れるはずがない。

ハノンはにっこりと微笑んで答えた。

「お召しに与《あずか》り光栄に存じます。ぜひ妃殿下に拝謁したく存じますわ」

「それは良うございました。妃殿下はたいそうお喜びになられることでしょう。それではどうぞこちらでございます」

「はい」

ハノンはポレットを抱き直して侍女の案内で王太子妃宮へと向かった。

王宮の東翼棟のさらに奥の敷地内に王太子妃宮がある。

フェリックスはクリフォードの専属護衛として何度も足を運んでいて、妃殿下とも当然面識があると聞く。

その上で妻であるハノンにも興味を示されたのか……

いずれにせよ没落下位貴族令嬢であったハノンにとっては王太子妃なんて雲上人《うんじょうびと》である。

そんなお方と何を話せば良いのやら……ハノンは内心、困り果てていた。

しかし、ここでおどおどしていてはフェリックス＝ワイズの妻としてあまりにも情けないではないか。

夫に恥をかかせる訳にいかないとハノンは自分を鼓舞《こぶ》して侍女の後に付いていった。

そして妃殿下が待つという王太子妃宮のサンルームへと通される。

ハノンがそこへ入室するなり、朗《ほが》らかかつ涼やかな声に歓待された。

「突然お呼び立てしてごめんなさい。でもお会いできて嬉しいわ、ワイズ夫人」

「え……」

高貴なる身分の女性、特に王族は初対面の人間とは直接的には口を利かないと聞いたことがあるが、王太子妃ルゼフィーヌは自ら進んでハノンに声をかけてくれた。

その気さくさに幾分か緊張が解けたハノンが膝を折って礼を執《と》る。

両腕でポレットを抱いているのでカーテシーが出来ないため、略式の礼となってしまったが。

「お初にお目にかかります。フェリックス＝ワイズの妻、ハノンと申します。妃殿下におかれましてはご健勝とのこと、誠に喜ばしく存じます」

ハノンが形式的な挨拶をするとルゼフィーヌは花の顔《かんばせ》を綻《ほころ》ばせ、言った。

「非公式なお誘いなのだからそのように畏《かしこ》まらないで。今日は王太子妃としてではなく、夫が友人同士の子育て中の母親としてお招きしたの」

「子育て中……」

ルゼフィーヌは昨年、王子を出産した。

クリフォードにとっては第一子で嫡男。

いずれ立太子し、未来の国王となることが約束されている王子の母親となったのだ。

ポレットとは一歳差となる。

その時、ルゼフィーヌの後ろから幼子《おさなご》の声が聞こえた。

ハノンが視線を向けると、そこには床に敷かれたプレイマットの上にちょこんと座る愛らしい子どもがいる。

濃紺の髪とアメジストの瞳、まさにクリフォードと瓜二つの王子だ。

（……これはまたクリフォード殿下にそっくりクリフォード……なんちゃって……）

とハノンは心の中で呟いた。

そんなことは露知らず、ルゼフィーヌはハノンに告げる。

「息子のデイビットよ。ポレットちゃんと仲良くしてもらえたら嬉しいわ」

ルゼフィーヌの笑顔はとても柔らかく、その表情は王太子妃としてではなく母親のそれであった。

これはプライベートなものとして捉えて良いのだろう。

王太子妃殿下への突然の拝謁に戦々恐々としていたハノンだったが、どうやらそれは杞憂《きゆう》であったようだ。

それならばとハノンは普段と変わらない明るい笑みを浮かべた。

「光栄です。父親達に負けないくらい、仲良しの二人になってくれたら嬉しいです」

ハノンがそう言うと、ルゼフィーヌも心の底から嬉しそうに微笑んだ。

「本当ね。父親達が妬《や》くほど仲良しになってほしいわ。そして私《わたくし》達も良い友人になれたら嬉しいわ。ワイズ夫人、私《わたくし》のことはルゼフィーヌと呼んでほしいの」

「ではわたしのことはハノンと。ルゼフィーヌ様、これでもうわたし達はお友達です。どうぞこれから仲良くしてくださいませね」

「もちろんよハノン様。私《わたくし》の方こそよろしくね」

隣国の王女であったルゼフィーヌ。

ハノンは彼女がこのアデリオールへ嫁《とつ》いで初めての友人となったのだった。

そしてポレットとデイビットも。

まだお座りが出来ないポレットの隣で、デイビットは興味津々といった態《てい》でポレットのことを見ている。

そして小さなお手手で小さなお手手をそっと握り、嬉しそうに笑みを浮かべた。

「はわわっ♡」

乳児同士の可愛い触れ合い。それは母親達がキュンキュンする光景であった。

そしてハノンはルゼフィーヌとお茶を飲みながら、夫のことや子どものことなどのお喋りに花を咲かせた。

ハノンが王太子妃宮にいることを聞きつけたフェリックスが迎えに来るまで、楽しいひと時を過ごしたのであった。

それがハノンと未来の王妃と、そしてさらに未来の国王との邂逅《かいこう》であった。

まさかポレットにとっても運命の出会いになるとは、この時のハノンには知る由《よし》もない。

◇◇◇◇◇

「あンら〜〜っ♡　ヤダ可愛いっ!!」

「あぅ」

お手製のベビー服を着たポレットを見て、メロディは感嘆の声を上げた。

生後半年を迎えたポレットは今やメロディの着せ替え人形と化していた。

元々自身のサイズに合う婦人服がないために裁縫を始めたメロディ。

デザインからパターンの立ち上げ、そして縫製《ほうせい》まですべて自ら手掛け、今やプロ顔負けの腕前である。

ポレットが生まれてからすぐに始まったメロディのベビー服作り。

どれも本当に可愛くて、ハノンをはじめ義母も義姉も義妹も皆、大絶賛であった。

今日は再来週に出席する兄ファビアンの結婚式のためのベビードレスを持参してくれたのだ。

ピンクの柔らかい薄手のガーゼ生地を使い、肌に当たるところにはレースやリボンなどの装飾品は施されていない。

万が一外れてポレットが口にしないようにボタンやビーズなどは用いず、刺繍《ししゅう》やアップリケで華やかさや可愛らしさが演出されていた。

まさにポレットへの愛情がいっぱい詰まった逸品である。

「凄いわ……本当に可愛い……！　こんな素敵なベビー服は王都広しといえど、どこにも売ってないでしょうね。ありがとうメロディ」

ハノンが心からの感謝を伝えると、メロディは照れくさそうに笑った。

「ヤダッハノンたらっ！　なにヨそんなの当たり前ぢゃないっ!!」

そう言ってバンバン背中を叩いてくる。

「ふふふ、痛いわ」

「あらヤダ、めんごめんご！　フェリックス様に怒られちゃう」

メロディはハノンの背中を摩《さす》った。

「ハイじゃあポレッティ、今度はコッチを着《き》っきちまちょーねぇ♡」

メロディは鞄から次の服を取り出した。今度はベビーブルーのドレスのようなロンパースだ。

「え、これも可愛い。何着作ってくれたの？」

ハノンの問いかけにメロディはバッと手の平を広げて見せた。

「ファイブ、五着ヨ♪」

「そんなに？　なんだか悪いわ」

ハノンがそう言うと、メロディは首を横に振った。

「イイのヨ、アタシが作りたくて作ってんだからサ。お代を払うなんて言わないでヨ？　そんなコトされたらもう作れなくなっちゃう！」

「……わかったわ、じゃあ遠慮なく甘えさせてもらう」

「それでこそハノン♡　……ってギャッ！　ガワイイっ!!」

喋りながらもポレットに服を着させていたメロディがダミ声で叫んだ。ベビーブルーの色合いも、ポレットにはとても似合っていた。

「え～結婚式にどちらを着せようか迷っちゃう！」

ハノンも娘の愛くるしさに思わずテンションが上がる。

その時、ルシアンがメロディの服の裾をちょんちょんと引っ張った。

「めろりぃたん、ぼくのふくは？」

可愛く着飾ったポレットを見て、ルシアンも羨《うらや》ましくなったようだ。

上目遣いで見つめられ、おねだりするように尋ねられ、ルシアンの可愛さに一旦フリーズしてしまったメロディの鼻から赤い液体がツーーッと垂れた。

瞬間、我に返ったメロディがクネクネと悶《もだ》えながらルシアンに言った。

「いやンルッシー!!　あるに決まってるじゃないっルッシーの服も作りまくりよんっ!!」

「ちょっ……メロディ、鼻血」

ハノンに言葉とティッシュをツッコまれ、メロディはフガフガ言いつつルシアンの服を取り出した。

服を目にしたハノンが目を見開く。

「……これって……！」

「ウフフ♪　やっぱりるちあん卿にはコレじゃない？　結婚式だし、イイかなって思って♡」

ハノンはルシアンにメロディ謹製の服を着せた。そしてポレットと二人、並ばせる。

それを見てハノンとメロディは手を握り合いながら悲鳴に近い声を発した。

「ヤバ、イっ!!　ヤバ、イわっーー!!」

「キャーーっ!!　姫と騎士だわっ！」

メロディがルシアンのために結婚式用として作った服は、王宮騎士達が式典などで着る礼服であった。

夫のフェリックスが着ることになっている礼服のミニチュア版である。小さな騎士がそこにいた。

「だー、あぅ」

ポレットがルシアンに向かって手を伸ばす。既にお兄ちゃん大好きっ子に育っている。

「ぽれっと、かわいいね」

ルシアンはそう言って〝おっちん《お座り》〟しているポレットを抱き寄せた。

どうしよう、ウチの子ども達が天使すぎる……！

結婚式の主役である花嫁と花婿が霞《かす》んでしまうんじゃないかしら？

なんて親バカ全開な心配をするハノンであった。


明日は兄の結婚式に出席するために北の大地へと行くことになっているハノン達一家。

二泊三日、向こうで滞在する予定になっており、少しだけ家を留守にする。

その間ルシアンとポレットに会えなくなるのが寂しいと、ワイズ侯爵家の双子が家に来ていた。

侯爵家の屋敷とハノン達の家はほど近い距離にあり、こうやってよく双子が遊びに来る。

「ルーもポウもホントに連れていくの？」

双子の兄のキースが言う。

「北は寒いんでしょ？　チビ達は王都にいた方がいいんじゃない？」

双子の弟のバスターも言う。

ルシアンとポレットに行ってほしくない気持ちが見え見えだ。

そんな双子が可愛くてハノンは噴き出しそうになるが、なんとか堪《こら》えて答えた。

「北の地も春だから大丈夫よ。それに花嫁がルシアンとポレットに会いたがってくれているのよ。お土産《みやげ》を持ってすぐに帰ってくるからね」

「うん……」

「みんなルーやポゥに会いたいよね」

と、双子は寂しそうに頷いた。

(ふふ、可愛い。フェリックスもこのぐらいの歳の頃はこんな感じだったんだろうなぁ)

ハノンは一人、その頃のフェリックスを想像して微笑んだ。

「あー?」

ポレットが不思議そうに双子を見る。ポレットの声を聞き、途端に双子の表情が明るくなった。

「ハノン義叔母《おば》さん、ポゥを抱っこしてもいい?」

キースが言うとバスターが横から口を挟んだ。

「ずるいっ! 俺だってポゥを抱っこしたい!」

双子はすぐに喧嘩《けんか》をすると、義姉がため息交じりに言っていたのを思い出した。

「順番に抱っこしてあげてくれる? じゃあまずは言い出しっぺのキースから」

ハノンはキースの腕にポレットを預ける。

普段からよくポレットを抱っこしている双子は、危なっかしい素ぶりも見せず上手に赤ん坊を抱いた。

生後半年を迎え、腰もしっかりと据《す》わったポレットも安定した抱かれ具合だ。

キースもバスターもまるで宝物を扱うようにポレットを抱っこした。

(微笑ましい。思春期の男の子って、もっとトゲトゲしていてぶっきらぼうなのかと思ってた)

思わずハノンの目尻が下がる。

「ポゥ、ポゥは美人だな。将来が心配だよ」

「ホントだよな。悪い奴が寄ってこないように俺達が守ろうぜ」

「護衛はキースに任せた。俺はポゥに勉強を教えるよ」

「まぁ、専属騎士と専属教師が早くも現れたわね。二人ともよろしくね」

「「うん」」

その時、お昼寝から目が覚めたのだろう、ルシアンが目をこすりながら居間に入ってきた。

「「ルー！　起きたのか！」」

「あ、きーしゅとばしゅたーだ」

双子はポレットを抱いたままルシアンの元へと駆け寄った。

「ルー、一緒に遊ぼうぜ」

「うん！　あしょぶ！」

遊びという言葉を聞き、ルシアンの目はいっぺんに覚めたようだ。

「ポゥも一緒に出来る遊びがいいな」

「積み木はどうかな？」

「ちゅみき！　ぼくもぽれっともしゅきだよ」

「そうか！　じゃあ積み木に決定だ！」

そう言ってキースがルシアンの手を引いて子ども部屋へと入っていく。

そして二人で積み木が入った箱を一緒に持ってきた。

もっともルシアンは箱を持つのではなく手を添えているだけだが。

それでもちゃんとお手伝いをしているつもりなのである。

キースはルシアンに言った。

「ルーが一緒に持ってくれるから楽ちんだ」

「ぼく、おてちゅだいしゅるもん」

「偉いな」

そして部屋から持ってきた積み木を広げて四人で遊び出した。

双子とルシアンとでどれだけ高く積み上げられるかを競い合うようにしている。

毎回ルシアンが勝つのだが、べつに双子が積み木の扱いが下手という訳ではない。

ポレットは積み木を持ち、口に入れてねぶるだけだが、それでも楽しそうだ。

その光景を微笑ましく眺めるハノン。

「オヤツはフルーツたっぷりのトライフルにでもしようかな」

と言ってキッチンへと入っていった。

北の大地にようやく遅い春が訪れた。

永久凍土の大地にも、うっすらと残る雪を割り健気《けなげ》な花芽が芽吹く季節があるのだ。

そして優しい日差しが僅かながらもさらに雪解けを促《うなが》す。

そんな春の良き日にこの地で喜ばしき慶事が執《と》り行われる。

今日はハノンの兄ファビアンとランツェの結婚式だ。

ハノン達家族は前日に転移魔法で北方入りし、ロードリック家の屋敷にて結婚式当日を迎えた。

結婚式は騎士団本部にほど近い、大聖堂にて挙げることになっている。

花嫁と花婿は準備のために既に大聖堂へ入っているという。

ハノン達も馬車で大聖堂へと向かい、新郎側の控室で待つことにした。

娘のポレットはこの日のために友人のメロディが作ってくれたピンクのベビードレスを。

そして息子のルシアンは、これまたメロディが遊び心で作ってくれた王宮騎士が式典などで着用する正装のミニチュア版を着ていた。

近衛《このえ》騎士である父とお揃いの騎士服にルシアンは大興奮だ。

「ぼく、ぱぱみたい？　ぱぱみたいにかっこいい？」

その言葉を何度も繰り返す。

ルシアンがそう尋ねるたびに、フェリックスは目頭を押さえながら答えた。

「もちろんだルシー。どこから見ても、誰が見てもルシーは立派な騎士だ」

「やったー！」

それを聞き、ルシアンは毎度嬉しそうにオモチャの剣を掲《かか》げるのだ。

この剣は、フェリックスがルシアンのために、実際に騎士達が使っている剣に似せて作ったオモチャだ。

これを貰った時のルシアンの喜びようは凄かった。

そしてゴリラのぬいぐるみと同じく、このオモチャの剣もいつも手にしている。

ぬいぐるみと剣を両方持つ、珍妙で可愛いチビ騎士がそこにいる。その姿を、皆が眦《まなじり》を下げまくって見ていた。

花の妖精のようなポレットと、ゴリラと剣を持つ天使のような小さな騎士。

こころなしか、天から光の筋が降り注いでいる気が……

誰もが二人に向かって手を合わせて、「尊い……」と呟きながら拝んでいた。

もうすぐ開式の時間だと、係の者が告げにくる。

ファビアンを筆頭に皆で礼拝堂へと向かった。

「お兄様」

ハノンはファビアンの横に並び、礼拝堂まで歩く。

そしてファビアンに告げた。

「お兄様、本日はおめでとうございます。お兄様には苦労と心配ばかりかけさせてしまいました。これからはランツェ様とご自分の幸せを最優先に、今までの分も幸せになってください。わたしはもう大丈夫です。今まで本当にありがとうございました」

兄の幸せを心から祈り、自分のことは心配いらないと安心させたくて告げた言葉だ。

しかしファビアンは優しく微笑みながらも少し困ったように言った。

「そんな寂しいことは言わんでくれ……フェリックス殿がお前を大切に守り、慈《いつく》しんでくれることはわかっている。でも、それでもお前は一生、俺の大切な妹だ。これからも心配くらいはさせてくれ。そして何かあったら必ず頼ってほしい。みんなで幸せになろう。そんな素晴らしい未来があってもいいじゃないか」

ファビアンのその言葉を聞き、ハノンは目に涙を浮かべて頷いた。

「はい……はい、お兄様っ……」

長い年月、苦楽を共にしてきた兄と妹は互いに手を繋いだ。そしてそのまま礼拝堂まで歩いた。

祭壇の前に立つファビアンと別れてハノンは家族の元へと向かう。

ポレットを抱き、ルシアンの手を引いていたフェリックスが優しく微笑んでくれた。

多くの参列者達が席に着き、やがて荘厳《そうごん》なパイプオルガンの音色が礼拝堂に響き渡った。

扉が開き、花嫁のランツェが父であるオルブレイ＝ロードリック騎士団長と共にバージンロードをゆっくりと歩んでくる。

ランツェの輝くばかりの美しさに皆が感嘆の声を上げた。

花嫁の父からランツェを手渡され、ファビアンは大きな手でランツェの手を包み込む。

そして二人で、神と司祭と皆の前で永遠の愛を誓った。

ファビアンが花嫁と誓いの口付けを交わすのを見て、ハノンの涙腺は決壊した。

天国の父と母にも見せてあげたかった。

誰よりも優しく温かく強い心を持つ兄ファビアンの幸せを心から願わずにはいられない。

静かに涙を流すハノンの肩をフェリックスが優しく抱いてくれる。

ハノンは夫の肩に頭を預けながら、皆に祝福されて嬉しそうな兄と花嫁の姿を見ていた。

そして大好きな、大切な兄の幸福な未来を、ハノンは心から祈った。

「おめでとうございます、お兄様……」

その後の披露《ひろう》宴はファビアンの部下の騎士達も招かれ、北方騎士団流の統率の取れつつも破茶滅茶な無礼講となった。

皆が喜び、皆が祝い、皆が心から笑う。

ファビアンという男がいかに皆に慕《した》われ、敬われているのかを具現化したような、そんな温かくて賑やかな披露《ひろう》宴であった。

そしてその披露《ひろう》宴では、結婚祝いにと隣国の各諸侯から贈られてきた大量のバナナが大いに振る舞われたという。

◇◇◇◇◇

多額の借金のせいで、父が亡くなったと同時に領地を失い魔法薬剤師の職に就《つ》いたハノンは、貴族令嬢とは名ばかりの娘時代を過ごしてきた。

当然、夜会になど出た経験もない。

フェリックス自身も夜会が嫌いであったし、ハノンも好奇の目に晒《さら》されるのもイヤだったので、結婚後まだ一度も夫婦で夜会に出席したことはなかった。

しかし、このたび王宮で開催される夜会には出席せざるを得ないだろう。

フェリックスの主君にして幼馴染《おさななじみ》である、第二王子クリフォードの立太子の祝賀会も兼ねた大夜会なのだから。

生まれつき病弱な兄を常に支え続けたクリフォード。

しかし兄である前王太子の病状はますます悪くなるばかりであった。

それでもクリフォードは家督争いの火種とならぬよう嫡男が次期国王になるべきだと考え、陰になり日向になり政務を支え続けてきた。

だが、ついに前王太子が自ら王太子の座を降りると決断し、国内外に向け明言したのだ。

国の安寧《あんねい》のため、健康で有能なクリフォードこそ次期国王に相応《ふさわ》しいのだと熱心に訴えかけたという。

そうやって兄に切望されてクリフォードは王太子として立ち、将来はこの国を導いていく覚悟を決めたのだそうだ。

そして立太子の儀の式典を終えたその夜に大夜会が開催される運びとなった。

いつもは近衛《このえ》騎士として、クリフォードの護衛として付き従う形で夜会に参加していたフェリックスだが、今回ばかりはクリフォードの友人として、そして父から譲り受けたワイズ伯爵として、夜会に出席せねばならない。

当然、妻であるハノンも共に出席となる。

ハノンは初めての夜会に向けてダンスの練習にドレス選びなど、実に忙しく過ごしていた。

それというのも、なぜかハノンよりも義母であるアメリアと義妹であるアリアが闘志を漲《みなぎ》らせてハノンの夜会の準備に取りかかっていたからだ。

夜会の前々日から侯爵邸に泊まるようにまで指示されるほど。

言われるがままに侯爵邸に泊まり、その時からヘアカットやエステなど、どこの王族かしら？と思うほどに磨き上げられたのだった。

そして夜会当日。

ハノンはこれまた朝から全身を磨き上げられ、ヘアセットにメイク、そしてドレスとアクセサリーを身に着けてようやく支度が終わった。

アメリアが唸《うな》り、そして完璧だとお墨付きを貰えるほどの見事な仕上がりなのだそうだ。

実際にハノンも鏡を見て、これが本当に自分かと見紛《みまが》うほどの貴婦人っぷりであった。

「素敵……！　本当に美しいわ、お義姉様。お世辞抜きでおそらく今夜の夜会で一番綺麗なのはハノン義姉様ね」

義妹のアリアが絶賛してくれる。義母のアメリアが大きく頷いた。

「間違いないわ。ハノンさんは元々美人だけれど、その美貌をさらに磨き上げたのよ。これ以上に美しい貴婦人はそうはいないでしょうね」

「アドネ侯爵夫人よりもね」

「コロンズ伯爵令嬢よりもね」

「？」

なぜ聞き慣れない貴婦人の名前が出るのか、ハノンにはわからない。

アメリアがハノンに向き合って告げた。

「アドネ侯爵夫人は昔から、コロンズ伯爵令嬢は近頃フェリックスに熱を上げていると噂《うわさ》されている二人なの。もちろん噂《うわさ》ではなく事実です。今夜、久しぶりに夜会に出席するフェリックスを必ず狙ってくるはずよ。そして妻の貴女を敵視してくるのは明白でしょう」

「えぇっ？」

とんでもない情報にハノンは目を丸くして驚く。

アリアがアメリアの言葉を継いで話し出した。

「でも安心してお義姉様、今夜の貴女は非の打ちどころのない美しい伯爵夫人よ。あんな厚化粧の二人なんかには文句の付けようもないくらいにね。それにお兄様はお義姉様にぞっこんだもの、臆《おく》することなく夜会を楽しんで。私もお母様も出席するから何も心配はいらないしね」

「……わ、わかったわ」

やはり社交界は恐ろしい……とハノンは改めて感じるのであった。

その時、ドアをノックする音が聞こえる。

アメリアが頷いて許可をしてメイドがドアを開けると、そこには凛々《りり》しく着飾ったフェリックスが立っていた。

「っ……ハノン……！」

フェリックスは式典のために多忙を極め、数日前から帰宅出来ていなかった。

ようやく夜会の数時間前に侯爵邸へ急ぎ戻ることが出来、騎士の盛装へと着替えたのだ。

数日ぶりに妻を、そしてこの世のものとは思えないほどに美しい姿を目の当《ま》たり《あ》にして、フェリックスはしばし呆然と固まっていた。

「お兄様ったら。気持ちはわかるけど見惚《みと》れすぎよ」

「いや、これが見惚《みと》れずにいられるか」

フェリックスはそう言ってハノンの元へと歩みを進めた。

「……フェリックス、お帰りなさい」

なんだか恥ずかしくてはにかんだ表情でハノンが言うと、フェリックスは妻の手を掬《すく》い取って指先にキスを落とした。

「綺麗だハノン。天上の女神達も嫉妬《しっと》するくらいの美しさだ……」

「大袈裟《おおげさ》よ」

ハノンはいた堪《たま》れずに俯《うつむ》く。

「大袈裟《おおげさ》なものか。でもいかん、これはいかんぞ。今日の夜会出席は取り止めだ。こんなに美しいハノンを他の男の目に晒《さら》す訳にはいかない」

そう言って本気で家に帰ろうとするフェリックスを母であるアメリアが叱りつけた。

「何を言っているのです！　王太子となられたクリフォード殿下の友人として、臣下として、貴方が出席しないでどうするのです！」

妹のアリアも兄に言う。

「そうよ。それにせっかくこんなに美しく着飾ったお義姉様をお披露目《ひろめ》しなくてどうするの？　ここ数日の彼女の努力を無駄にする気？」

いえ努力してくださったのはアメリア様とアリア様ですけどね……とは言わないでおこう、とハノンは思った。

確かに夜会を欠席出来ないのも事実なので、フェリックスは渋々といった態《てい》でハノンを侯爵家の転移スポットへとエスコートした。

その際も歩きながら、「決して俺から離れないように」とか「他の男にダンスを申し込まれたら足を怪我していると言うように」とか、「絶対に一人でテラスや庭園に出ないように」など、保護者かしら？　と思うようなことばかり言われた。

こうしていざ二人、夫婦となって初めての夜会へと向かう。

夫婦としてだけでなくハノンにとっては人生初の夜会である。

どうか無事に終わりますように……ハノンは心の中でそう祈った。

王宮には侯爵位クラスから控え室が用意されており、フェリックスとハノンはまずワイズ侯爵家の控え室へと向かう。

その際に緊張のせいかトイレに行きたくなったハノンはフェリックスに耳打ちし、女性専用のレストルームへと連れていってもらった。

昔と違って、この時代のドレスはコルセットやクリノリンや大量のペチコートを身に着けていないので助かるなぁ……なんて思いながらトイレの個室に入っていると、レストルームに設置されているドレッサー付近でお喋りしている数名の令嬢方の声が聞こえてきた。

「フェリックス＝ワイズ卿はもう来られているのかしら？　エルリーヌったら早く会いたいでしょう？」

「ええ。お側近くに行けるのは本当に久しぶりですもの。いつも遠くから演習中のお姿しか拝見出来ないから嬉しいわ。しかも今日は護衛ではなく、出席者として来られるのですものね、きっとダンスを申し込んでくださるわ」

（ん？　フェリックス＝ワイズ？）

令嬢達の口から夫の名が出たことで、ハノンの耳は自然と会話を聞き取ろうと傾いていく。

エルリーヌ……といえば義母から事前に聞かされていた、近頃、夫フェリックスに夢中だというコロンズ伯爵令嬢のことだろう。末娘ゆえに甘やかされて育った清楚《せいそ》で愛らしい容姿の年若い女性らしいが。

令嬢達は同じレストルームに妻のハノンがいることなど露知らず、好き勝手にトークを繰り広げていた。

「なかなか表に出てこなかった噂《うわさ》の奥様と出席されるそうよ、いったいどんな人なんでしょうね？」

「没落子爵家の出だと聞いたわよ。表に出すのが恥ずかしいから隠していたのよ」

「そうよ、きっと大したことないわ。社交界の新しき華と呼ばれているエルリーヌ様の敵ではないわ」

友人であろう令嬢達の言葉を受けて、エルリーヌなるコロンズ伯爵令嬢が言った。

「ふふ。皆さんありがとう。でも私、気にもかけていませんのよ？　どんな手を使ってフェリックス卿と結婚出来たのかは知らないけれど、行き遅れで独身だったと聞きましたもの。そんな方、相手《ライバル》にもなりませんわ」

「そうよね」

「その通りだわ」

「さすがはエルリーヌね」

と令嬢達は口々に褒め称える。

「地方から来たと言うし、きっと今夜のドレスもお化粧も野暮《やぼ》ったいのでしょうね」

「えっ？　それはお気の毒ですわ、それなのにあのワイズ卿と並んで立たれますの？」

「格差が……残酷な結果になりそうですわね」

「ふふ、言いすぎですわよ」

と、そこまで言って令嬢達は楽しそうに侮蔑《ぶべつ》の笑い声をレストルームに響かせた。

（こんな誰もが利用するレストルームで悪口など……底が知れるわね……）

ハノンは腹が立つというよりは、呆れ返ってしまう。

それと同時になぜ、義母と義妹が今夜のハノンを完璧な伯爵夫人へと磨き上げたのかを理解した。

今夜が社交界デビューとなるハノンを守るための、ある意味武装であったのだ。

騎士や戦士の武装が鎧《よろい》であるように、貴婦人の武装は完璧に着飾ったドレス姿である。

そして様々なヒエラルキーが存在する女性社会で、特にこの社交界では洗練された美しい女性に畏敬と賛辞が贈られる。

そんな世界に飛び込むハノンが初手から決して下に見られることがないように、二人は手を尽くしてくれたのだ。

ハノンは家族となったアメリアとアリアの奮闘していた姿を思い出し、胸が温かくなった。

(ありがとうございます。お義母様、アリア様)

目を閉じて二人を思い浮かべ、そして目を開ける。

今日のハノンは誰に後ろ指を指されることもない、一分の隙もない完璧な淑女《しゅくじょ》だ。

胸を張って堂々と、かつ少し優雅に見えるように個室から出た。

その瞬間、話に花を咲かせていた令嬢達が息を呑む。

彼女達は目の前に現れた女性が件《くだん》のフェリックス＝ワイズの妻だとは知らない。

そして次には小さなため息が聞こえてきた。

ハノンは構わず手を洗い、鏡で身嗜《みだしな》みをチェックしてレストルームを出ていく。

「素敵……どちらの家門のご婦人かしら？　とっても美しい方でしたわよね」

「あのドレス、あのヘアスタイル……！　わたしのあの方の年齢になったら絶対にあのようなスタイルにするわ！」

「まぁ……確かになかなかの美人でいらしたわよね」

「突然お声がけするのはマナー違反だから我慢したけど、お名前をお訊きしたかったわ」

という令嬢達の声が追いかけてきた。

ハノンはさらに胸を張ってフェリックスの元へと戻った。

レストルームの側で待っていてくれた夫に手を差し出す。

フェリックスは蕩《とろ》けるような視線で、まるで女神の手を取るかのように恭《うやうや》しく妻の手を取る。

「フェリックス、お待たせしてごめんなさい」

「大して待ってないよ。それにハノンのためならいくらでも構わない」

「ふふ」

夜会が始まる前から既に早く二人きりになりたいオーラを放っているフェリックスにエスコートされ、ハノンはワイズ侯爵家の控え室へと向かった。

その後、夜会会場で先ほどの令嬢達は知ることになる。

レストルームで出会った憧れの女性が、自分達が散々馬鹿にして蔑《さげす》んでいたフェリックス＝ワイズの妻であったことを。

そして自分達がいかに浅慮《せんりょ》な思い込みで見ず知らずの相手を馬鹿にしていたのか。

取り巻きの令嬢達は夜会の間中、気まずそうにしていたという。

コロンズ伯爵令嬢エルリーヌは、それでもなんとかフェリックスの気を引こうと目の前をウロウロしたり、掟破りの令嬢自らダンスを申し込んだりなど奮闘したが、いずれもフェリックスの冷ややかな態度の前に撃沈した。

さらには片時も側から離れず、妻しか見ていない意中の男性のその姿に追い討ちをかけられる。

それがよほど悔しかったのだろう。ハノンへ憤怒《ふんぬ》の形相を向けていたエルリーヌ。

その顔があまりに醜《みにく》く、周囲の年若い男性達が慄《おのの》いていたのを見たハノンが一言彼女に耳打ちをした。

「そんな風に鬼のようなお顔をされていると、幸せが逃げてしまいますわよ？　もっと周りを見て、きちんと物事を考えた行動をなさってください」

このままでは婚期を逃しそうで気の毒に感じたのだ。

その言葉を聞き、エルリーヌはハッとして周囲を見回す。

そして結婚適齢期の未婚の令息達が自分を見て引いているのを知り、ショックと恥ずかしさで半泣きになって去っていった。

加えてハノンに大人の女性、夫に愛される妻の余裕を見せつけられ、さらに悔しかったようだ。

おそらく彼女の今年の社交シーズンは上手くいかないだろう。

その証拠に、それから少ししてエルリーヌはさっさとコロンズ伯爵家の領地へと帰ってしまったのだから。

今シーズンはもう、王都には来ないという。

それが夜会へ会場入りしてすぐのこと。

記念祝賀夜会《パーティー》はまだ始まったばかりである。

波乱が予想された夜会。

始まって早々にコロンズ伯爵令嬢とのプチバトルがあったものの、その後は大きなトラブルもなく順調に時は過ぎていった。

夜会といえばダンス。ハノンはもちろん夫のフェリックスとファーストダンスを踊った。

が、フェリックスは一曲で離してくれず、二曲三曲と立て続けに踊らされた。

もちろん婚約者同士や夫婦であれば何度踊ろうともマナー違反ではない。

ではないが、続けて三曲はさすがに疲れた。

しかもフェリックスはしれっと言う。

「連続で三曲も踊ったんだ。次にダンスを申し込まれても断りやすいだろう？」

ハノンは呆れたが、なんとその時、フェリックスの懸念した通りになってしまったのだ。

見知らぬ紳士がハノンへ向けて手を差し伸べてきた。

「失礼、美しいレディ。次はどうか私と踊っていただけませんか」

え？　わたし？　とハノンがきょとんとして差し出された手を見ていると、急に視界が塞がれた。

夫のフェリックスがダンスを申し込んできた男性とハノンの間にスマートに割り入ってきたのだ。

そして微笑みを浮かべ、静かな声で男性に答える。

「申し訳ない。妻は私と三曲も踊って疲れてしまったようなのです。少し休憩させますので、ダンスはご容赦ください」

ダンスは後ほどとか、またの機会にとなどとは決して言わない。

疲れていようがいまいが他の男と踊るのは許さないという、夫の鉄の意志がヒシヒシと伝わってきた。

ごくたま〜に、独占欲から妻に自分以外の男と踊るのを禁止する夫もいるという。

かなり少数派らしいのだが、貴族の夫婦では妻を社交や外交の手法として用いる夫も多い中で、フェリックスはその少数派のようだ。

ハノンに対して安定の心の狭さを披露《ひろう》するフェリックスに、遠くから王太子となったクリフォードがジト目を向けている。

その視線を無視しているフェリックスを、ダンスを申し込んだ男性がジロジロと見ていた。

そして「……フェリックス＝ワイズ？」と、呟くように言った。

「？」

名を呼ばれ、フェリックスが訝《いぶか》しげな顔をする。

男性はハッと我に返った様子で話し出した。

「ああ、いや、申し訳ない。キミは私のことを知らないだろうが、僕達は魔術学校の同級なんだよ。キミは騎士科で私は魔法文官科だったから知らなくて当然なのだけれどね。そうか、結婚したとは噂《うわさ》で聞いていたが、こんなに美しい女性が妻とは……さすがだな。今夜の夜会にも同窓生が沢山参加しているが皆も驚いているだろうな」

「失礼、そうだったのか。妻も魔術学校の卒業生なんだ。しかも飛び級で俺達の学年と一緒に卒業したんだ」

その言葉を聞き、同級生だという男は一瞬何か思案し、そしてハッとしてハノンを見た。

「もしかしてルーセル子爵令嬢っ⁉」

ハノンは一学年飛び級で卒業したということでそれなりに知られていたらしい。

信じられないといった顔で男はハノンを見た。

男の目には、「嘘だろ？　あの地味だった没落令嬢がっ？」といった感情が如実《にょじつ》に出ている。

そして視線がそのまま頭の先から足の爪先まで舐めるように辿り始めた矢先に、またフェリックスの背中がハノンの姿を隠した。

「……妻が疲れているので少し休憩させたいんだ。これで失礼する」

穏やかな口調で話しているのだが、なぜかフェリックスから言いようのない圧を感じる。

圧倒された男が、「あ、あぁすまない。それでは……」と言いながら立ち去っていった。

ふぅとハノンは息を吐き出した。

フェリックスが腰を抱いて支えてくれる。

「大丈夫か？　ハノン」

「ええ、大丈夫よ。さっきの男の人が言っていたように、きっとこの夜会に来ている沢山の同窓生がわたし達を見て驚いているのでしょうね」

「それは鼻が高いな」

「どうして？」

「当然だろう？　こんなにも美しい、学生時代から誉《ほま》れ高い才女を妻に娶《めと》れたのだから」

「もう、フェリックスたら……」

夫がくれる言葉の一つ一つが、いつもハノンの心を擽《くすぐ》る。

甘くて優しい、うっとりと酔いしれたくなる魔法の言葉。

ハノンの頬がほんのり朱に染まる。フェリックスはそこに吸い込まれるようにキスを落とした。

どこかで悲鳴が聞こえた気がする。が、今はもうどうでも良かった。

しかしすぐ側で聞こえた小さな咳払いは無視することは出来ない。

コホン、と聞こえた方を二人揃って見やると、そこにはフェリックスの妹であるアリアがいた。

「ご両人、相変わらず新婚のようにアツアツで羨《うらや》ましい限りですわね。そんなところにお声がけするのは申し訳ないのですがお兄様、少しの間だけ奥様をお借りしてもよろしくて？」

「断る」

「フェリックスっ」

即答するフェリックスをハノンは小さく諫《いさ》めた。

「ごめんなさいねアリア様。どうかしたのかしら？」

「お兄様がお義姉様に対して狭量《きょうりょう》な夫になるのは散々目《ま》の当《あ》たりにしていたから気にしてないわ。それよりお義姉様にご紹介したいご婦人方がいるの。皆さんとても優しくて誠実な方ばかりよ。今後のためにも彼女達と懇意《こんい》にしておいて損はないわ」

アリアの言葉を受け、ハノンはフェリックスを仰ぎ見た。

「ですって。わたし、行ってくるわ」

「では奥様、お供いたしましょう」

フェリックスはそう言って妻の手を掬《すく》い取り、手の甲にキスをした。しかしすかさず妹の横やりが入る。

「女性だけの集まりに無粋《ぶすい》なことはなさらないで。ご安心ください。私にとっても大切なお義姉様です、悪い虫が寄ってこないようにちゃんと見張っておきますから。よろしいでしょうか？　お兄様？」

「……わかった。頃合いを見計らって迎えに行く」

アリアが言うのだ、ハノンにとって良き味方になってくれるご婦人方なのだろう。

それがわかるから、渋々といった態《てい》だがフェリックスは承諾した。


アリアに連れられていくハノンの背中を見送る。

しかし一人で会場に残っていては、娘や妹を紹介したいと寄ってくる貴族達がうるさくて色々と面倒くさいことになりそうだ。

フェリックスはテラスへ避難することにした。

その時にふいに声をかけられる。

「久しぶりだな、フェリックス」

聞き覚えのある声の方へ振り向くと、そこにはやはり学生時代の友人がいた。

「トレリアン！　トレリアンじゃないか！」

懐かしい友人にフェリックスは思わず破顔する。

トレリアン＝ロックス。魔術学校の同級で、子爵家の嫡男。今は東方騎士団で副連隊長を務めている男だ。

最後に会ったのはトレリアンの結婚式に参列した時だったので、かれこれ三年ぶりか。

「元気そうだな」

「キミこそ。捜し続けていた女性をとうとう見つけ出して結婚したと、かつての悪友達の間で評判になってるぞ」

「ははは、どうせみんなでしつこい男だとか粘着質だとか散々なことを言ってるんだろ？」

「どうしてわかるんだ？　さては監視を付けてるな？」

そう言って二人で笑い合う。久々に会ってもそれを感じさせない、共に研鑽《けんさん》し合い、共にやんちゃをした友人との再会にフェリックスは心から喜んだ。

「そうだ。フェリックス、紹介したい友人がいるんだ。今時間があるならちょっと付き合ってくれないか？」

「構わないが……誰だ？」

「とっても素晴らしい人だ。キミと俺の共通の良い友人になれると思う」

フェリックスは少し思案した。ハノンとは今、別れたばかりだ。
二、三十分くらいならこの場を離れても大丈夫だろう。

フェリックスは快諾し、トレリアンの後に続いた。

てっきりシガールームにでも行くのかと思ったが、案内されたのは夜会の休憩室に使うよくある個室であった。

トレリアンがノックをしてドアを開ける。

先に入室したトレリアンに促《うなが》されて部屋に入ると、室内はほんのり薄暗く何やら香水の香りがした。

「トレリアン、紹介したい友人とは？」

フェリックスが訊くと彼は部屋の最奥にあるカウチソファーの方へと目を向けて答えた。

「あそこにいるよ」

「？」

言われるままに視線を移すと、仄暗《ほのぐら》い部屋の中、こちらに背を向けて配置してあるカウチソファーから静かに立ち上がる姿が目に入る。

フェリックスの目の前に妖艶《ようえん》な臙脂色《えんじいろ》のドレスを纏った金色の髪の女性が現れた。

「……」

フェリックスはトレリアンに問いかける。

「紹介したい友人とはこのお人のことか……？」

「ああ。彼女に切望されてね」

フェリックスの眉間に深い皺《しわ》が刻まれる。まさか友人を使ってコンタクトを取ってくるとは思いもしなかった。

「久しぶりにお顔が見れて嬉しいわ。ワイズ卿」

真っ赤な紅《べに》を引いた唇で吐息交じりにフェリックスに語りかける。

フェリックスの顔からごっそりと表情が抜け落ちた。

そして抑揚のない声で挨拶もせずに端的に答える。

「……何かご用でしょうか？　アドネ侯爵夫人……」

アドネ侯爵夫人サリーベル。独身の頃から何度も執拗《しつよう》にアプローチされ続け、そのたびにきっぱりと断り続けてきた相手だ。

フェリックスにとっては出来れば近づきたくもない存在であった。

「貴方にお会いしたいと思っていたの。でも貴方はお忙しくてなかなかお時間を頂けないでしょう？　だから私達の共通の友人を介して連れてきてもらったのよ」

こんな騙《だま》し討ちめいた真似をして、それが悪いことだと微塵《みじん》も思っていないのが手に取るようにわかる言い草であった。

サリーベルのことは、まるで蛇のような女だとフェリックスは思っていた。

その女と……まさか友人の一人が通じ合っていたとは……

フェリックスはトレリアンに訊いた。

「……キミはその夫人と……？」

フェリックスの問いかけが何を意味しているか、当然トレリアンにはわかるのだろう。

「ああ。結婚して二年目くらいの頃かな、夜会で知り合った彼女に誘ってもらってね。以来懇意《こんい》にさせてもらってるよ」

「……妻を裏切ってなんとも思わないのか？」

「おいおい、婚姻後に自由恋愛をするのは貴族では当たり前の話じゃないか。俺の妻も当然、自由に恋人を作って楽しくやっているよ」

「反吐《へど》が出るな」

フェリックスとて生まれながらの貴族だ。

貴族社会ではそれが公然とまかり通っているのも知っている。

政略結婚で結ばれた夫婦が、後継を残した後はそれぞれ好きに恋愛を楽しむというものだ。

しかし自分には到底出来そうにない。

たとえハノンが政略で結ばれた相手だとしても、夫婦が互いに他の人間と体を重ねるなど、それを〝自由〟や〝遊び〟と称するなど、絶対に出来ないと思った。

ましてやハノンが俺以外の男と……？

考えただけで暴れ出したくなる。王宮の半分は破壊出来るという妙な自信があった。

そんなことを一人考えるフェリックスに、サリーベルが言う。

カウチソファーから違う椅子に座り直しながら。

「ご結婚されてもう落ち着かれたのではなくて？　そろそろ他の遊びも楽しみたいのではないかと思って、お声がけさせていただきましたのよ」

組んでいた足をわざとらしく組み直し、妖艶《ようえん》な脚のラインを見せつける。

トレリアンの目がそこに釘付けなのがわかった。

(妙な匂いがするな)

フェリックスはサリーベルに言った。

「私は心の底から妻を愛しておりましてね。結婚して何年経とうとも、他の女性とどうこうなろうなどとは思っておりません。そして当然、妻を他の男に差し出すつもりもない。貴族間のイカれた常識が通用しない夫婦もあるのだとご認識ください」

「……最初は皆様そうやって奥様に遠慮なさるのよ……政略だが妻とは固い絆《きずな》で結ばれていると。でも一歩足を踏み出せば、今までいかに狭い世界で生きていたのかがわかるわ。何に阿《おもね》ることもなく、自由に欲情をぶつけ合える……そんな開放感に貴方も酔いしれるはずよ」

サリーベルは羽織っていたショールを肩から滑り落とした。

白い陶器のような肩と、ドレスの胸元から零《こぼ》れんばかりの豊満な胸が露《あら》わになる。

(……ヤバいな、本当に気持ち悪い)

フェリックスは我慢の限界だった。

そして足音を殺して部屋を出ていこうとするトレリアンを呼ぶ。

「どこへ行く気だ、トレリアン」

「……気を利かせようと思ってね」

たとえ決してサリーベルと関係を持たずとも、個室に二人きりであったという事実を作るだけでどんな噂《うわさ》が流れるか。

それによって傷付くのはフェリックスではない、最愛の妻ハノンだ。

フェリックスの声色が幾重《いくえ》にも低くなる。

「二度は言わない。これ以上、余計な真似はするな、いいな？」

フェリックスから感じる言いようのない圧に、トレリアンはたじろいだ。

「……わかったよ」

フェリックスは子どもの頃から常に女性には優しくあれと言われてきた。

媚薬と催淫剤を盛ってきた元婚約者達にも、思うところは多々あれど、最後まで努めて冷静に接した。

しかし、この女にそんな配慮はいらないだろう。

この蛇のような女にこれ以上付き纏われて、大切な者を傷付けられることになるのはごめんだ。

ならば容赦はしない。フェリックスは言い放つ。

「貴女は自分がかなり魅力的で、どんな男も自分の前に平伏すると考えているようだがそんなことはない。ハッキリ言って、俺はアンタでは勃《た》たない」

「つなっ……!?　……はぁ!?」

優しく物静かで紳士的な近衛《このえ》騎士フェリックス＝ワイズから出たその言葉に、サリーベルは目を剥《む》いて驚いた。

それが侮辱の言葉だと、理解は遅れてやってくる。

「何度断ってもしつこく付き纏い、汚れた関係を迫ってくるアンタなど、死んでも、そしていくら金を積まれてもごめんだな」

「な、な、んという屈辱っ……なんという汚辱《おじょく》っ！　貴方は貴婦人に対してなんて酷いことを仰《おっしゃ》るのですかっ！」

「貴婦人？　娼婦の間違いでは？」

「なっ……なぁっ……!?」

「フェリックスっ、失礼だぞっ！」

トレリアンがフェリックスの胸倉を掴もうと手を伸ばす。

しかしフェリックスはその腕を掴み、後ろ手に捻《ひね》り上げた。

「くうっ……！」

キツく拘束された腕の痛みに、トレリアンが顔を顰《しか》める。

「どうぞ？　陰でいくらでも穢《きたな》らしい汚泥に塗《まみ》れるような崇高な自由恋愛とやらを楽しめばいい。だけどそれは俺の与《あずか》り知らぬところでやってくれ……さっきから微《かす》かに匂うこの香りは媚薬か？生憎《あいにく》、俺には媚薬も催淫剤も免疫が出来ていてね、効かないんだ」

そう言ってフェリックスはトレリアンをサリーベルの方へと突き飛ばした。

そして彼女の足元に倒れ込む彼を見下ろした。

「……大切な友人だと思っていたんだがな。残念だよトレリアン。もう二度と、俺に話しかけないでくれ」

そう言い残し、フェリックスは休憩室を出ていこうとした。

だがその時、サリーベルが不敵な笑い声を上げた。

「ふっ……ふふふ……なんてご立派なのかしら。さすがは近衛《このえ》騎士という訳ね。清廉潔白なご高説、痛み入りましたわ。でも、貴方の妻はどうかしらね？」

「なに……？」

「貴方はそうやってケチくさい潔癖な性分だったとして、奥方までそうとは限らないのではなくて……？」

「どういう意味だ？」

フェリックスの顔色が変わったのを見て、サリーベルは勝ち誇ったような顔をした。

「ふふっ、貴方が遊びやすくなるために、奥様の方にも男性を数名宛てがって差し上げたのよ。そうすれば貴方も罪悪感なく私と楽しめるでしょう？　貴方は拒否なさったけど、奥様は今頃素敵な殿方達に囲まれて、楽しんでおられているかもしれませんわね？」

「貴様っ……」

「な、何よっ……！」

フェリックスから放たれる凄まじい怒気にサリーベルは一瞬で震え上がる。

「くそっ……！」

フェリックスは短く吐き捨て、ハノンの元へと向かおうとした。が、肝心なことを忘れていたとすぐさま振り返る。

「「？」」

それを不審に思ったサリーベルとトレリアンだが、次の瞬間には魔術で拘束され床に転がされていた。

気がつけば口と両手両足が縛られている。近衛騎士《このえきし》が用いる特別な魔術――己の魔力で出来た拘束具で縛り、自由を奪う術だ。

フェリックスは二人を見下しながら告げた。

「妻に何かあってみろ、貴様ら地獄に叩き落としてやるからな」

「「！」」

フェリックスから放たれる殺気に、それが冗談ではないと否が応でも悟らされる。

そして今度こそ、フェリックスは休憩室を飛び出した。

急ぎ妹のアリアがハノンを連れていったサロンへと向かう。

しかし、ハノンとアリアはご婦人方との歓談を終え、既に会場へ戻っていったという。

(行き違いだったかっ、くそっ！)

フェリックスは踵《きびす》を返し会場までの道のりを急ぐ。

サロンから会場までは中庭を使うと近道だ。二人はそちらに向かった可能性が高い。

フェリックスは人目も憚《はばか》らず、中庭へと走った。

その時、よく知った声が聞こえた。

「フェリックス！　どうした⁉　何をそんなに慌てているっ？」

「っ！　……義兄上《あに》っ！」

今日は遅れて会場入りをすると聞いていたが、到着早々、回廊を猛ダッシュするフェリックスを見て何かを察したのだろう。

急ぎ追いかけてきたようだ。

フェリックスに声をかけてきたその人物は、ハノンの実兄であり北方騎士団中隊長でもあるルーセル子爵ファビアン＝ロードリックその人であった。

「貴方達はいったいなんなのです？　たった二人の淑女《しゅくじょ》に対してそんな徒党を組んで不躾《ぶしつけ》だとは思われませんの？」

夜の王宮の中庭にアリアの声が響く。

アリアに紹介された貴婦人達との談話を終えて、それぞれ会場で待つ夫の元へと戻るために中庭を横切っているところで数名の男達に囲まれた。

数にして五名。

紳士的な態度はとっているが、ニヤニヤと下卑《げび》た笑みを浮かべてハノンやアリアを品定めしている。

その内の一人の男が話し出した。

「いえね、こんな月夜の下《もと》に咲く美しい花々が誰かに愛でられることなく枯れてしまうことに懸念を抱いているのです。どうか貴女方の美しさの前に平伏する我々に今宵一晩、手折《たお》られてはいただけませんでしょうか？　共に月光のアリアを歌おうではありませんか」

（……ん？）

男の言葉を聞き、ハノンは首を傾げた。

自分の名前を準《なぞ》らえた言葉を聞き、アリアはまるで汚物を見るような目で男達を見据《す》えた。

「見た覚えのある顔が何名かいますわね。確か……アドネ侯爵夫人の愛人《ペット》だったかしら。ということはこれは夫人の差し金ですわね？」

「さすがは長く社交界の花々として咲き誇るアリア様だ。しかし差し金だなんて人聞きの悪い。我々はただ、かの夫人から貴女方と夜の帳《とばり》の片隅で繰り広げられる、インタールードの愛のダンスを共に踊って差し上げてほしいと請《こ》われただけですよ」

「……」

ハノンはただ黙って目の前の男の発する言葉を聞いていた。

この男、歳の頃は三十前後か。

服装からして子爵家か伯爵家ほどの者だろう。

年齢的に結婚はしているはずだ。他の男達も皆似たり寄ったりである。己の妻達を放置して何をしているのだ。

（それにしても……）

ハノンがそんなことを考えていると、アリアが先ほどの男の言葉を一蹴《いっしゅう》した。

「結構よ。丁重にお断り申し上げるわ。その夜のインタールードのダンスとやらは貴方達だけで踊ってちょうだい。生憎《あいにく》、わたくしも彼女もダンスは夫だけと決めていますの」

「そんなつれないことを仰《おっしゃ》らず。この素晴らしい夜の劇場《ホール》でひと夜限りのダンスに身を委《ゆだ》ねるのもまた一興ですよ」

「バカバカしい。侯爵夫人になんと言って頼まれましたの？　もしかしてここにいるワイズ伯爵夫人を手籠《てご》めにしろとでも言われました？」

（え？　わたしっ？）

ハノンはぎょっとしてアリアを見た。

すると男は両手を上げ、肩を竦《すく》めながら答えた。

「そんなとんでもない。我々はただ、社交界の愛のルールを知らないご婦人に甘くて蕩《とろ》けるような蜜愛のレクチャーをご教示するように請われただけです」

「……！」

ハノンはもう我慢の限界だった。

気になって気になって仕方なく、そしてツッコミを入れずにはいられない。

「アリア様……」

アリアはハノンが怯えていると思っているらしく、優しく励ましてくれる。

「お義姉様、ご心配には及びませんわ。こういう手合いは口先だけですから」

「いいえ……そうではない、そうではないの……」

「そうではない？」

「ええ。あの……」

ハノンはさっきからペラペラと喋る男の方に視線を向けた。

そしてアリアに告げる。

「さっきからあの方が何を言っておられるのかサッパリわからないのっ、この方って世に言う十四歳病なの？」

「え？」

「は？」

アリアと男の声が重なる。

「だって……！　月光のアリアだとか夜の帳《とばり》のインタールードだとか愛のダンスだとか蜜愛のレクチャーだとか！　言い回しがイチイチ面倒くさいというか、言葉選びが野暮《やぼ》ったいというか……とにかくもう、聞いていてイライラするのっ！　でも十四歳病に罹患《りかん》した人はこういう恥ずかしい言い回しが好きだと聞いたことがあるし……」

「野暮《やぼ》っ……たい⁉　十四歳病っ⁉」

「ぷぷっ……！」

ハノンの言葉に男は己の聞き間違いではないかと耳を疑う。

その様子を見たアリアが思わず噴き出した。ハノンは尚《なお》も男に向かって言い募《つの》る。

「貴方、ちゃんと母国語の授業は受けましたか？　聞こえの良い単語を並べ立てるだけで美しい文章が出来上がる訳ではないのですよ？　それとも他国の方なのかしら？　アデリオール語は正しく理解出来ますか？」

「なっ……なっ、な、なっ……!?」

ハノンの口から次々に繰り出される言葉に、男は打ちのめされている。

アリアはおかしすぎてとうとうお腹を抱えて笑ってしまった。

「あははははっ！　お義姉様ってば最高っ！」

「寝言は寝て言えとは言いますけれど、貴方の場合はきちんとアデリオール語を勉強なさってから寝言を言った方が良さそうですわね」

「くっ……！　黙って聞いていれば調子に乗りやがって……フ、フンッ、まぁ気の強い屁理屈女を服従させるのも嫌いではない。理路整然と並べ立てる女を組み敷いて喘《あえ》がせるのも堪《たま》らなく興奮するものだ……」

口説き落とすことも、口撃《こうげき》を打ち負かすことも無理だと思ったのだろう。

そして紳士を気取るのもやめたようで、男は力ずくでコトに持ち込むつもりらしい。

他の男達も、アリアとハノンのどちらにするか、順番はどうするかとヒソヒソと話し合っている。

なんの順番かは……考えたくもない。

ハノンはアリアを後ろ手に隠した。

アリアはこの男達が口先だけと言っていたが、そうは見えない。

もしかしてこの手のことに慣れている連中なのではないだろうか。

どうする？　アリアだけでも逃したいが……

いや、アリアを先に走らせてもきっとすぐに捕まえられてしまう。

今ハノンに出来る最善の手は……とにかく時間を稼ぐことだ。

そうすればきっと来てくれる。

頃合いを見計らって迎えに行くと言ってくれていたのだ。

彼はいつだってハノンのピンチに駆けつけてくれる。

ハノンは夫フェリックスが駆けつけるまで、なんとか誤魔化しつつ時間を稼ぐことにした。

しかし男達はじりじりと距離を詰めて近付いてくる。

ハノンはとりあえず思いついたことを口に出してみた。

「クリフォード殿下の立太子記念式典での婦女暴行……徒《ただ》では済みませんわよ」

「なぁに、明るみにさえ出なければいいんですよ。それにもしコトが露見《ろけん》しても合意の上だったと言い張ればいい」

「なるほど、そういう方向に持っていくことに手慣れているという訳ですのね」

「いい加減黙ってくれませんか？　そして観念して大人しくしていてください。なぁに、もう夫一人では満足出来ない体にしてあげますよ」

さっきから一人で喋くっている男はどうやら狙いをハノンに定めたらしい。

追い詰める行為を楽しむかのようにゆっくりと間合いを詰めてくる。

ハノンはハッキリと拒絶の言葉を言い放ってやった。

「お生憎様《あいにく》、今でも夫一人の愛を受け止めるだけで精一杯ですの。他の方の相手をしているヒマはありませんわ」

その時、耳に馴染《なじ》む声が聞こえた。

「よく言ったハノン」

「！」

男達から距離を取るべくじりじりと後退《あとずさ》りしていたハノンは背中に温かさを感じた。

そして鼻腔を擽《くすぐ》る嗅《か》ぎ慣れた香り。

「フェリックス……」

やっぱり来てくれると思っていた。頼りになる旦那様。見れば兄ファビアンの姿もそこにあった。

「「お兄様っ！」」

アリアと声が重なった。ああそうだ、アリアにとっては頼もしい兄とはフェリックスなのだ。

ハノンとアリア、思わず顔を見合わせて噴き出した。

「ハノン、無事か？」

ハノンの実兄、ファビアンが妹を心配そうに見やる。

「ええ。お兄様も助けに来てくれたのね、ありがとう」

「可愛い妹のピンチだ、当然だろう。それにしても貴様ら……よくも俺の妹を……」

ファビアンが男達に鋭い眼光を向ける。

突然現れた二人の屈強な騎士に、それまで余裕の笑みを浮かべていた男達がたじろいだ。

「な、なんだよっ……旦那が駆けつけるなんて聞いてないぞっ？　サリーベル様とのお楽しみ中じゃなかったのかっ？」

それを聞き、フェリックスが射殺さんばかりに睨みつけた。

「ヒッ……」

「あんな女に興味はない。それより貴様ら、覚悟は出来ているんだろうな？」

「覚悟ってなんだよっ」

「式典の最中での婦女子暴行未遂、加えて恫喝《どうかつ》、俺の妻に下衆な視線を向けた猥褻物陳列罪《わいせつぶつちんれつざい》だ」

「くそっ……証拠はないんだっ！　捕まらなければこちらの勝ちだっ!!」

男達は相当手慣れているようだ。

五人対二人の利を活かして一斉に散り散《ぢ》りに逃げ出した。

しかし相手が悪かった。魔術騎士として近衛《このえ》でトップの実力者であるフェリックスと、雪原のシルバーバックと謳《うた》われる国境警備の守護神ファビアン相手に、多勢に無勢という言葉は通用しない。

あっという間に全員がいとも簡単に制圧された。

その時、騒ぎを聞きつけてクリフォードが騎士を引き連れてやってきた。

「何事か」

フェリックスがクリフォードの元へと行く。

「殿下、何も御自ら出向かれなくても」

そしてフェリックスはアドネ侯爵夫人に誘《おび》き寄せられた一件から事《こと》の顛末《てんまつ》をすべてクリフォードに説明した。

クリフォードの目がキラリと光る。

「貴族の腐った習慣の膿《うみ》が露見《ろけん》したな。ちょうどいい。夫人諸共《もろとも》見せしめになってもらおう」

クリフォードはそう言って、フェリックスが休憩室で拘束しているサリーベルとトレリアンと中庭の男達を捕縛《ほばく》させた。

罪状はもちろん立太子記念式典という大事の中での暴行教唆《きょうさ》、違法薬物であった媚薬の不正入手及び使用した罪、そして婦女暴行未遂だ。

どれも重い罰が与えられることだろう。

後日。罪人となり、身分を剥奪《はくだつ》されたサリーベルは侯爵から離縁され、修道院へと送られた。

トレリアンはこれといった罪状はなかったのだが、騎士としてあるまじき行いと咎《とが》められて騎士団を辞めざるを得ない状況に陥《おちい》ったという。

当然妻からは離縁の申し立てをされたとのことだ。

そしてハノンとアリアに乱暴を働こうとした男達は、これまでの罪も芋づる式に露《あら》わになり、身分剥奪《はくだつ》の上、北の炭鉱地での終身強制労働となった。


こうして夜会での珍騒動に終止符が打たれた訳だが……

フェリックスは無事に保護出来たハノンに告げた。

「ハノン、やはり夜会になんか出るべきではない。もう義理は果たしたんだ、今すぐ帰ろう」

自身の手を取り連れて帰ろうとする夫にハノンは抗議した。

「ちょっと待ってフェリックス、まだ夜会は終わっていないのよ？　殿下に対してあまりにも不敬なのではなくて？」

ハノンのその言葉に側で聞いていたクリフォードが大きく頷く。

「そうだぞフェリックス。お前は俺の臣下である前に友人だろう。最後まで見届けるのが友人としての務めだ」

「……はい」

「そういう訳で、友情の証として奥方と一曲踊らせてもらうぞ」

「はいっ？」

あまりにも狭量《きょうりょう》なフェリックスを懲《こ》らしめるのが目的なのか、クリフォードはハノンをエスコートしてホールへと向かった。

ハノンも王太子からの誘いを断る訳にもいかないので素直に従い、クリフォードとダンスを踊った。

その後はフェリックスが迎えに来る前に、ハノンはファビアンの手を取る。

貧しさと忙しさのせいで、兄妹で夜会に出たことなど一度もなかった。

互いを相手にダンスの練習は幾度となく重ねてきたが、公《おおやけ》の場で踊るのは初めてだ。

ハノンはどうしてもファビアンと一曲ダンスをしたかった。

まぁフェリックスもファビアンが相手では心の狭いことは言わないだろう。

チラリと夫の方を見やると、ホールの手前の柱のところで腕を組んで見守っていてくれた。

「お兄様、こうやってお兄様と王宮の夜会で踊れるなんて夢のようです」

ファビアンが妹に柔らかな眼差しを向ける。

「そうだな。お兄ちゃんも嬉しいよ。今夜のハノンも本当に綺麗だ。愛されているという自信が輝きとして現れている。幸せなんだなと、心から安心出来るよ」

「はいお兄様、わたしは本当に幸せです」

「うん……」

泣き虫の兄の目がウルッとする。それを見てハノンは優しく微笑んだ。

こうしてハノンにとって生まれて初めての夜会は無事に（？）幕を閉じた。

でもフェリックスの言うことを間に受けた訳ではないが、やはり自分にはこういう世界は合わないと思う。

全く出席しないという訳にはいかないだろうけど、極力夜会への出席は控えようと決めたハノンであった。

◇◇◇◇◇

赤ん坊の肩が産道でつっかえての難産を経《へ》て、ファビアンの妻のランツェは女児を出産した。

ランツェは疲労困憊《ひろうこんぱい》ではあったものの、母体も赤ん坊も健康そのものでファビアンは心から安堵した。

出産中は将来北方騎士団を背負う者として、ランツェの夫として、そして生まれた我が子の父として、狼狽《うろた》えて醜態を晒《さら》してはならないとなんとか気丈に振る舞った。

が、本当は生きた心地がしないくらいに不安だった。

母子共に無事と聞き、膝から崩れ落ちそうなほど安堵して泣き叫びたかったことは、ファビアンだけの秘密だ。

ランツェの侍女から産室に入っても良いと知らせを受け、ファビアンはランツェの父であり北方騎士団団長であるオルブレイと共にやや緊張した面持ちで産室に入った。

部屋の奥に置かれたベッドの上には……

疲れた顔をしながらも幸せそうに我が子を抱くランツェと、初めて対面する小さな小さな我が子がそこにいた。

もうその姿を見ただけで、元来涙脆《もろ》いファビアンは泣き出しそうになる。

「ランツェ……お疲れ様……本当に、本当に無事で良かった……！」

「ありがとうございますファビアン様……見てくださいな、信じられないくらいに可愛い赤ちゃんですわ」

ランツェの腕から赤ん坊を受け取った産婆の一人がファビアンの元へと赤ん坊を連れてくる。

抱き方を教わりながら、ファビアンは恐る恐る生まれたての赤ん坊を抱いた。

甥っ子のルシアンを抱いたのは生後二週間は経っていた頃だったので、正真正銘、生まれたての赤ん坊を抱くのはこれが初めてである。

ファビアンの太い腕で抱かれると、その姿がすっぽりと隠れてしまう。

標準より小さな赤ん坊は、大きな体の父親に抱かれると余計に小さく見えた。

「小さい……可愛い……はじめまして、父さんだよ……」

ファビアンは腕の中の小さな我が子に語りかけた。

もうその時点でファビアンの涙腺は大決壊だった。

濁流と称しても良い量の涙がファビアンの頬を流れる。

その涙を、「全くお前は本当に泣き虫だな」と言いながら義父であるオルブレイがハンカチで拭《ぬぐ》ってくれた。

「だって、だって義父上《ちちうえ》……こんなにも可愛い我が子を初めて抱いて、泣かない奴なんていませんよっ……！」

「わかった、わかった、だからもう泣くな……それで……その……なんだ、そろそろこの爺にも初孫を抱かせてもらえんか？」

「はいっ……もちろんですっ……抱いてやってくださいっ」

オルブレイはファビアンから赤ん坊を受け取った。

こちらは一応過去に赤ん坊を育てたことのある経験者なので、ぎこちなくはあるが危なげなく赤ん坊を抱く。

「なんとっ……！　これは愛らしいっ……！」

初孫の顔を見た途端に、オルブレイの目尻はもうこれ以上は下がらないというくらいに垂れ下がる。

「ね？　本当に可愛い子でしょう？」

母となったランツェが大男二人に言うと、ファビアンもオルブレイも音を立てそうなくらいに大きく頷いた。

「こんなに可愛い赤ん坊は国内広しといえど、そうはいないのではないだろうかっ」

「世界一の可愛らしい赤ん坊だっ!!」

既に親バカ爺バカ全開である。

ファビアンは愛おしい我が子を慈愛に満ちた目で見つめながら言う。

「俺にそっくりなのが少し可哀想な気もするが、本当に、本当に可愛い子だっ……！」

その言葉を聞き、ランツェの侍女と産婆二名は心の中で噴き出した。

面《おもて》に出なくて良かったとそれぞれ安堵する。

なぜなら、生まれた赤ん坊は遺伝子って恐ろしいと思うほど父親のファビアンにそっくりだったから。

まさにチビゴリラちゃん、と呼びたくなるくらいにファビアンに瓜二つの赤ん坊……

小柄な体と相まって、余計になんとも言えない可愛らしさを醸《かも》し出していた。

「可愛い……なんて可愛いんだ、決めた。絶対にこの子は嫁には出さんぞ」

早くも決意を固めるファビアンである。

それに大きく賛同している実父を見て、ランツェはこれから始まる超溺愛生活を容易に想像出来た。

（躾《しつけ》はわたくしがしっかりせねば……）

と、こちらも早くも母親としてしっかりと決意を固めていた。

ファビアンは生まれた我が子に、ミシェルと名付けた。

元ルーセル子爵領によく咲いていた小ぶりで可憐な野薔薇《のばら》の一種だ。

極寒の冬にも、過酷な夏の暑さにも負けない強い花でもある。

ファビアンは娘に、体は小さくとも元気に逞《たくま》しく、そしてありのまま可憐に咲いてほしいと願いを込めてこの名を付けた。

「ミシェル、生まれてきてくれて、本当にありがとう」


兄に似た黒髪の可愛いミシェルが生まれたことを、ハノンは超高速郵便にて知らされた。

黒髪の女の子と知り、ハノンはすぐにルシアンに教えてあげる。

「ルシー、伯父《おじ》さんのところに赤ちゃんが生まれたわ。黒髪の可愛らしい女の子だって。ルシーの従姉妹《いとこ》になるわね」

「ちょうちょさんだ」

ルシアンは以前、夢の中で生まれる前のミシェルに会ったと話していた。

「ミシェルちゃんというお名前になったんだって。ミシェルちゃんがもう少し大きくなったら会いに行きましょうね」

ハノンがそう言うとルシアンはその名を呟いた。

「みしぇる……」

ミシェルが生後一ヶ月を迎える頃に、ハノンはフェリックスと共に子ども達を連れて北の地へと会いに行った。

その時、初対面をしたルシアンとミシェル。

ルシアンはミシェルのことを、ミシェルはルシアンのことを互いにじっと見つめていたという。

後にミシェルが年頃になり、幼虫が蛹《さなぎ》の中で完全変態して美しい蝶になるがごとく母親似の美少女になることをこの時、誰が想像出来ようか。

そしてそのミシェルとルシアンが将来王都を騒がすほどの大恋愛をすることも、今はまだ誰も知らない。

◇◇◇◇◇

その日、ルシアンは母から漂《ただよ》うただならぬ気配を感じ取っていた。

朝、いつもより早めの時間に起こされ、妹のポレットと共に辻馬車に乗せられた。

ハノンは必要最低限のものだけ詰めたトランクを引っ提げて、御者《ぎょしゃ》に「東通りまでお願いします！」と珍しくイライラした様子で告げていた。

ハノンが席に着くまでポレットが座席から落ちないようにくっついて支えていたルシアン。

ハノンがポレットを受け取って膝に座らせた時に、ルシアンはハノンに訊ねてみた。

「まま、どうしたの？　ぱぱは？」

「………」

返答に窮《きゅう》するハノンに、ルシアンは質問を重ねる。

「ぱぱ、わるいこ？」

ルシアンのその言葉に幾分か毒気を抜かれたハノンは大きな息を吐いて、ルシアンに微笑んだ。

「びっくりさせてごめんねルシー。ママ、パパと喧嘩《けんか》しちゃったの。だからしばらくメロディちゃんのお家に行こうと思って」

ルシアンはこてん、と首を傾げて言った。

「めろりぃたんの？」

「そうよ。メロディちゃんに美味しいごはん作ってもらっちゃいましょう」

「やったー！」

ハノンはルシアンに不安そうな顔をさせてしまったことを後悔した。

母親の勝手で家を出て父親と離される……本来ならばあってはならないことだ。

だがしかし、ハノンはどうしても耐えられなかったのだ。

こんな感情のままフェリックスと顔を合わせたら、絶対に子どもの前で大喧嘩《おおげんか》をしてしまうと思ったから。

まだ幼いルシアンに両親が言い争い合う姿なんて見せない方が良いに決まっている。

だから家を飛び出したのだ。

どうしても怒りが収まらないハノンは一旦自分自身を落ち着かせ、クールダウンがしたかった。

そう、結婚後初めてのフェリックスとの夫婦喧嘩《けんか》である。

(夫婦喧嘩《けんか》なんて呼べないわね。わたしが一方的に怒っているだけだもの)

でも、昨晩酔い潰れて帰ってきたことが容易に想像出来るフェリックスのあの姿……

前後不覚になるほど酒を呑んだことはこの際置いておこう。

フェリックスにだってお酒に酔いたい時もあるだろう。

しかしハノンが許せないのは、フェリックスの両頬と騎士服の胸元にべったりとキスマークが付いていたことなのだ。

フェリックスのことだ。酒に酔っていたとしても決してハノンを裏切るような真似はしない、そう信じている。

だけどあんなにキスマークを付けられるほどの酩酊《めいてい》状態だったのなら、もしかして……と不安になったのだ。

そして同時にもの凄い怒りが湧き上がってきた。

夜中に帰ってきてリビングのソファーで眠ってしまったらしいフェリックスを朝起きて発見した時、ハノンの怒りは瞬時に沸点まで到達し、眠っている頭を麺棒で殴り飛ばして無理やり起こしてやろうか！　と思うほどだった。

しかし母親が父親の頭を麺棒でかち割るなどという傷害事件、子ども達のためにも起こす訳にはいかない。

なのでハノンはルシアンとポレットを連れて家を飛び出した。

ソファーでいびきをかいて寝ているフェリックスを一人残して。

まぁ体を冷やしてはいけないので毛布くらいはかけてきてやったが。

こうしてハノンはメロディの家のある王都の東通りにやってきたのだった。

辻馬車を降りて細い路地の向こうにあるメロディの家を目指す。

朝起きてハノン達がいなくなっていたら、フェリックスはどう思うだろうか。

(慌てる？　焦る？　怒る？　それとも……)

ハノンは嘆息して、ポレットを抱き、ルシアンの手を引きながら路地を歩いていった。

そしてメロディがパートナーのダンノと住んでいる借家へと到着する。

朝の十時前、早起きのメロディならとっくに起きているだろう。呼び鈴を鳴らして訪《おとな》いを知らせる。

「……あら？」

だが少し待っても応答がない。

ハノンはもう一度呼び鈴のボタンを押す。

「…………え、留守？」

と、心配になってきた頃にようやく玄関ドアが内側から開いた。

「バァ……イ……誰ェェ……？」

え、あなたこそ誰よ？　と問いたくなる人物が家の中から出てきた。まぁメロディに間違いはないのだが。

「ごめんね、突然来ちゃって。……なんか、大丈夫？」

ハノンが言うと、パンパンに浮腫《むく》んだ顔の〝ゴシアンぱん王子〟みたいなメロディが答えた。

ちなみに〝ゴシアンぱん王子〟とはルシアンお気に入りの絵本のキャラクターである。

「バノンじゃなイ……どーじだのよいぎなり……」

酷い酒焼けの声でそう言いながらもメロディは、ハノン達親子を家に入れてくれた。

「わーい！　めろりぃたんちだ〜！」

ルシアンは嬉しそうにメロディの家の中を見回す。メロディは必死の形相でルシアンに懇願《こんがん》した。

「ルッジーっ……お願ぃ、大ぎな声を出さないでっ……頭が痛くで割れぞうなノ……」

「うん！」

「ぉっふ……」

悪気がなく元気なルシアンが大きな声でお利口《りこう》にお返事をする。

ハノンは荷物を置きつつメロディに尋ねた。

「なぁに？　二日酔い？」

「ウン……でもアダジ昨日のゴドなんにも覚えでナイのヨー……」

「あら……ここにも元酔っ払いが……そんな時に悪いんだけど、少しの間だけあなたの家にいさせてもらえないかしら……？」

すっぴんの浮腫《むく》んだ瞼《まぶた》を僅かに上げてメロディが言った。

「ナニ？　夫婦ゲンガでもじだノ……？　オモジロイがらイイわヨ……でも今わ゛まだ寝る……好ぎに寛《くつろ》いででオッゲーヨって……吐ぐぅっ！　オゲゲゲっ……」

二日酔いのせいだろう、メロディが急に吐き気を催《もよお》した。

「きゃーーっ!?　待って！　吐くならココにっ!!」

ハノンは咄嗟《とっさ》にゴミ箱を渡して事《こと》なきを得た……

その様子をルシアンは目を丸くし、食い入るように見つめている。

ハノンよ、ここでも充分情操教育に良いとは言えないものをルシアンは見てしまったぞ。

メロディは吐くだけ吐いて、「どりあえず寝゛る」と言って寝室へと戻っていった。

許可を得ているので、メロディの家のキッチンを借りてルシアンとポレットに早めの昼食を食べさせる。

メロディのために二日酔いに効くスープも作っておいた。

料理好きのメロディのキッチンには色んな食材や道具が置いてある。

ハーブやスパイスも豊富に揃っていて、なんだか調剤室みたいだなとハノンは思った。


午後になり、ルシアンとポレットは客間で午睡をしている。

メロディがようやく起きてきて、ハノン特製スープをありがたそうに飲んだ。

「あーー五臓六腑《ごぞうろっぷ》に染み渡るとはこのことネ。このスープ、酒焼けの喉にもいいみたい。ありがとネ、ハノン。夫婦喧嘩《げんか》の話を今すぐ根掘り葉掘り聞きたいけどサ、とりあえずシャワーを浴びてもっとスッキリしてくるワ」

ハノンは親友らしい気さくさで返事をした。

「そうしてきて。あなた、酷い匂いよ。まるで全身が酒樽みたいな」

「ギャハハっ！　酒樽言うなっ！　じゃあちと待っててネ〜♪　アタシは魅惑のダイナマイトボデー〜♪」

とご機嫌に歌いながらバスルームへと消えていった。

ハノンは今度はお茶の支度を始めた。アイスティーを淹《い》れるつもりだ。

風呂上がりのメロディが美味しく飲めるように。

ガラスのティーポットへ多めに茶葉を入れ熱湯を注ぐ。

蓋《ふた》を閉め、ガラスポットの中で茶葉が踊る姿をぼんやりと眺めた。

フェリックスは……ひと夜の過ちというやつを犯したのだろうか。

おそらくハノンもぐっすり寝てしまっていた夜中に帰ったと思われるので、ひと夜、とまではいかずともあのキスマークを付けた相手と何かしらあったとは思われる。

（わたしだけだって言ったくせに。わたしが唯一だと言ったくせに……）

ワイズ家門の男達に多く見られる遺伝的属性質、〝ワイズの唯一〟。

それは生涯変わらずたった一人の女性を深く深く愛し続けるという。その唯一だと、フェリックスは言ってくれたはずなのに……ハノンはぎゅっと目を閉じた。出来ることなら耳も塞ぎ、何も知りたくはないと思った。

「フェリックスのバカ……」

ハノンの口から言葉が零《こぼ》れる。

その時、メロディの家の呼び鈴が鳴った。

家主は今入浴中だ。ハノンは代わりに応対することにした。

「はい？　どちら様でしょう……か……」

ハノンはドアを開けて驚いた。それもそのはず、家に一人残してきたフェリックスがそこに立っていたのだから。

「ハノンっ!!」

とりあえずシャワーを浴びて酒を抜いてきたのだろう、両頬に付いていたキスマークは消えていた。

服も当然着替えていて、普段出仕しない時に着ているチャコールグレーの騎士服を着ていた。

しかし髪はボサボサ、騎士服の釦《ボタン》はかけ違えて互い違いになっている。

よほど焦ってここまで来たのだろう。肩で息をして額に汗が滲《にじ》んでいる。

夫婦としての習い性が出て、思わずかけ違えた釦《ボタン》を直しそうになるのを堪《こら》え、平静を装《よそお》って夫に尋ねた。

「あら、どうかしたの？　なぜわざわざメロディの家へ？」

そう言った瞬間、嗅《か》ぎ慣れた香りに包まれる。

「ハノン……!!」

気がつけばフェリックスの腕の中に閉じ込められていた。

「っ……離して！」

「イヤだ……ハノン、すまない、俺が悪かった。キミに嫌な思いをさせた……！」

「………」

嫌な思いとは何を指して言っているのだろう。

キスマーク？　それが付くほど他の女性と体を近付けたこと？　それともやはり……それ以上の何かが昨日起こったのか。

ハノンは耐えられなくなってフェリックスの胸を強く押した。今は触れられたくない。

でも悔しいかな、彼の体はびくともしない。それどころかさらにぎゅうぎゅうと抱きしめられる。

「ちょっ……もうっ……！　やめてっ離してっ！」

ハノンが必死に抵抗してもフェリックスは離してくれなかった。

「イヤだ、絶対に離さない、きちんと話を聞いてくれるまで絶対に離さない」

「わかったからっ……ちゃんと聞くからとりあえず離してっ」

ハノンがそう言うと、フェリックスはようやく腕の力を緩めてくれた。

ハノンは身動《みじろ》いでフェリックスから身を離す。

でも腕はフェリックスにがっちりと掴まれていて、それ以上は離してもらえなさそうだった。

「昨夜は本当にごめん、前後不覚になるまで……あんなに飲むつもりはなかったんだっ」

「わたしが家を飛び出した理由はそれだけでないことは、ちゃんとわかってくれているの？」

フェリックスは一瞬「ゔ」と唸《うな》ってから、ハノンに答えた。

「……キスマークのことだよ、な？」

「……」

「アレは誤解だっ、疚《やま》しい真似は何もしていないっ」

「あんなにべったりと両頬と服に付けられて？　そんな距離を相手に許した時点で疚《やま》しさのオンパレードでしょう!?」

「だって仕方ないだろうっ。離してくれと言っても、もの凄い腕力で離してくれなかったんだからっ」

「何よその言い訳、貴方は騎士でしょうっ？　女性の腕力に負ける訳がないじゃないっ！」

「それが凄いんだよキミの親友の腕力はっ！　そういうところからも彼女が昔男だったと納得するよ」

「…………え？」

ハノンは今の言葉を咄嗟《とっさ》には理解出来なかった。頭の中で反芻《はんすう》し、よく咀嚼《そしゃく》してもやはりわからない。

親友？　凄い腕力？　昔は男だった？　もしかして……

「……ねぇ、あのキスマークを付けたのって……」

特定の人物が頭に浮かび、ハノンはフェリックスに訊ねてみた。

「ああ。この家の主の一人、キミの親友メロディ女史だ。昨日騎士団の飲み会でたまたま彼女に会って、そのまま他の騎士達を交えて一緒に飲んだんだよ」

「あ、あー……メロディもさっきまで二日酔いで泥のような顔色をしていたわ……」

「本人に確かめて、そうしたら信じてくれるか？」

「メロディが認めたらね」

フェリックスは頭を抱えた。

「不安だっ……！　昨日無茶苦茶飲んでいたからなぁっ」

「そういえば昨日のことは何も覚えていないって言っていたわ」

「え、えぇぇ……」

フェリックスはその場にしゃがみ込んだ。

彼だって二日酔いのはず。それなのに簡単に身支度を整えてすぐに追いかけてきてくれたようだ。

「どうしてここにいるとわかったの？」

ハノンは夫に訊いてみた。

「キミがこういうシチュエーションでワイズ侯爵家を頼るとは考えられない。なら消去法でここしかないと思ったんだ」

「そう……」

フェリックスはがばりと立ち上がり、ハノンの両肩を掴んで言った。

「ハノン、ハノン信じてくれ。俺には本当にキミしかいない。キミしかいらない。子ども達はまた別だが……お願いだ、愛してるんだ。唯一であるハノンに見捨てられたらもう、俺は生きていけない」

「フェリックス……」

ワイズの唯一。フェリックス＝ワイズの唯一はハノンだと彼は言う。

まっすぐに、真摯《しんし》な瞳を向けてくる。

「ハノン……」

その瞳で見つめられ、その声で名を呼ばれる。

悔しいけど嬉しいと思ってしまう。言い訳を信用出来る材料は何もないのに許したくなる。

だって、こんな瞳を向けてくる人が自分を裏切るなんて思えないから。

フェリックスの瞳がゆっくりと近付いてくる。ハノンもゆっくりと目を閉じて……

「ちょっとぉ～お二人サン♡　イチャつくなら家でヤッテよネ」

と、そこに水を差す声が後ろから聞こえた。

入浴を済ませてきたメロディが部屋の入り口で腕組みをして立っていたのだった。

「あ、ごめんなさい……メロディ」

「出たな諸悪の根源」

フェリックスは眉間に皺を寄せてメロディを睨《ね》め付けた。

「ナニよぅ諸悪の根源ってェ～失礼しちゃう」

「飲み会の席のあの場にいた全員の頬にキスをしたくせに。しかも俺の服で酒と唾液を拭《ぬぐ》っただろ
うっ、おかげでハノンに変な誤解をさせてしまったじゃないか」

フェリックスにそう言われて、メロディは顎に指を置いて何やら考え込んだ。

「うーん……やっぱり思い出せない♡　でもアタシ、酔うとキス魔になるから、間違いないと思う

わ♡　確かに昨日は王宮騎士のみんなと飲んだしネ♡　ハノン、お騒がせしてゴメりんちょ☆」

「まさか家出の原因の元に家出すること羽目になるとは思いもしなかったわ……」

ハノンが盛大にため息を吐いた。

「ハノン……」

フェリックスが不安そうな表情でハノンを見てくる。ハノンは言った。

「今回は信じるわ。メロディならやりそうだし。でもフェリックス、次は絶対にないからね？」

フェリックスは首を縦にぶんぶんと振って答えた。

「もちろんっ……肝に銘じておくよ」


そうしてハノンは午睡から起きたルシアンとポレットを連れて、フェリックスと共に家に帰ることにした。

お昼寝から目覚めたら父親が迎えに来てくれていたことにルシアンはとても喜んだ。

「ぱぱっ！　ぱぱいる！」

そう言ってフェリックスに駆け寄った。

やはり不安な思いをさせてしまっていたなと、ハノンは一人静かに反省した。

メロディの家を出て家族四人で家路に就《つ》く。

朝は複雑な思いで来た道を、帰りは穏やかな気持ちで帰れるとは。キスマークの相手がメロディだったのがまぁ大きな要因だろう。

ハノンの珍妙な友人はハノンを悲しませるようなことは絶対にしない。酔ってキス魔になったメロディにぶちゅぶちゅされるのは、実はハノンも経験済みだ。

その時は頬と額にキスされた。フェリックス以外、全員の騎士にキスしたというし、いつまでも怒っていても仕方ない。

ハノンはフェリックスの横顔を見上げた。

(それに……釦《ボタン》をかけ違えたまま、急いで迎えにきてくれたものね)

その釦《ボタン》は既にハノンがかけ直してあげた。

思えば二人、あの卒業式の夜で一度は釦《ボタン》をかけ違えた。

でも今日みたいに、フェリックスは釦《ボタン》をかけ違えたまま四年もハノンを捜し続けてくれたのだ。

そして互いの縁《えにし》により導かれて再び出会い、かけ違えた釦《ボタン》を直すことが出来た。

そうして今の自分達がいる。

ハノンがフェリックスの唯一というのなら、ハノンの唯一はもちろん彼だ。

ルシアンもポレットも、ハノンとフェリックスにとってかけがえのない唯一だ。

それが愛するということで、家族というものなのだろう。

ハノンはこれからも彼の隣を歩いていく。

フェリックスの隣で、子ども達の成長を見守りながら穏やかに年を重ねていきたい。

ハノンは心からそう願った。

「フェリックス」

「うん？」

「朝目が覚めて、わたし達がいなくてどう思った？」

「絶望しかなかったよ。でも絶望している場合じゃないとすぐに思った。ハノンを、子ども達をこの手に取り戻さないとと必死になったよ」

「ふふ。ありがとう、必死になってくれて」

ハノンはそう言って夫の頬に、今度は自分の薄い色合いのキスマークを付けた。

この作品に対する皆様のご意見・ご感想をお待ちしております。
おハガキ・お手紙は以下の宛先にお送りください。

【宛先】
〒150-6008 東京都渋谷区恵比寿 4-20-3 恵比寿ガーデンプレイスタワー 8F
（株）アルファポリス　書籍感想係

メールフォームでのご意見・ご感想は右のＱＲコードから、
あるいは以下のワードで検索をかけてください。

アルファポリス　書籍の感想　検索

ご感想はこちらから

本書は、Web サイト「アルファポリス」（https://www.alphapolis.co.jp/）に掲載されていたものを、改題、改稿、加筆のうえ、書籍化したものです。

無関係《むかんけい》だった私《わたし》があなたの子《こ》どもを生《う》んだ訳《わけ》

キムラましゅろう

2023年 11月 5日初版発行

編集－反田理美・森 順子
編集長－倉持真理
発行者－梶本雄介
発行所－株式会社アルファポリス
〒150-6008 東京都渋谷区恵比寿4-20-3 恵比寿ガーデンプレイスタワー8F
TEL 03-6277-1601（営業） 03-6277-1602（編集）
URL https://www.alphapolis.co.jp/
発売元－株式会社星雲社（共同出版社・流通責任出版社）
〒112-0005 東京都文京区水道1-3-30
TEL 03-3868-3275
装丁・本文イラスト－ゆのひと
装丁デザイン－AFTERGLOW
（レーベルフォーマットデザイン―ansyyqdesign）
印刷－中央精版印刷株式会社

価格はカバーに表示されてあります。
落丁乱丁の場合はアルファポリスまでご連絡ください。
送料は小社負担でお取り替えします。

ISBN978-4-434-32843-5 C0093